dtv

Ein Dorf mit Siedlungshäusern, Villen, einem Tennisplatz und einem Löschteich. Ein Bergwerk, vor dessen Tor seit Jahren ein stummer Akkordeonspieler und Carlo, ein elternloser Junge, musizieren. Doch eines Tages geschieht ein schweres Grubenunglück mit mehreren Todesfällen. Die Menschen müssen den Ort verlassen. Auch für den Jungen beginnt eine Reise ins Ungewisse. Weil er von den Großen, seinen »Freunden«, lernen will, beschäftigt er sich fortan mit deren Liebes- und Lebenskonventionen und lauscht ihnen zitierfähige Sätze ab wie »Ich liebe dich«. Für später, für ein künftiges, großes Glück … – Arno Geiger, Meister sprudelnder Sprachphantasie, beweist in ›Schöne Freunde‹, daß er Romane zu schreiben versteht, die zwar die Untiefen der menschlichen Seele berühren, aber doch durch und durch komisch sind.

Arno Geiger, 1968 in Bregenz geboren, wuchs in Wolfurt/Vorarlberg auf. Studium der Deutschen Philologie, Alten Geschichte und Vergleichenden Literaturwissenschaft in Wien und Innsbruck. 1996 Einladung zum Ingeborg-Bachmann-Wettbewerb. 1997 debütierte er mit dem Roman ›Kleine Schule des Karussellfahrens‹. 1998 wurde ihm der New Yorker Abraham Woursell Award und 2005 der Friedrich-Hölderlin-Förderpreis sowie der Deutsche Buchpreis verliehen. Geiger lebt als freier Schriftsteller in Wolfurt und Wien.

Arno Geiger

Schöne Freunde

Roman

Deutscher Taschenbuch Verlag

Von Arno Geiger
sind im Deutschen Taschenbuch Verlag erschienen:
Kleine Schule des Karussellfahrens (13505)
Irrlichterloh (20485)

Ungekürzte Ausgabe
Januar 2006
Deutscher Taschenbuch Verlag GmbH & Co. KG,
München
www.dtv.de
Lizenzausgabe mit Genehmigung des Carl Hanser Verlags

Umschlagkonzept: Balk & Brumshagen
Umschlaggestaltung: Stephanie Weischer unter Verwendung
einer Fotografie von © gettyimages/Tomek Sikora
Satz: Filmsatz Schröter, München
Druck und Bindung: Druckerei C.H. Beck, Nördlingen
Gedruckt auf säurefreiem, chlorfrei gebleichtem Papier
Printed in Germany
ISBN-13: 978-3-423-13504-7
ISBN-10: 3-423-13504-2

Ich schreibe mit unsichtbarer Tinte, es genügt jedoch, die weiße Seite anzuhauchen, damit auch die unsichtbare Schrift verschwindet.

(Jaroslav Seifert, *Der Halleysche Komet*)

1 | Abschiede

Ich weiß nicht, wie viele Jahre wir vor dem großen Tor gestanden sind. Ich weiß nicht, ob ich es vergessen oder nie gewußt habe. Ich erinnere mich nicht, je mit jemandem darüber gesprochen zu haben. Trotzdem glaube ich, daß alle darüber Bescheid wissen. Der Akkordeonspieler müßte es wissen, aber er hat keinen Kopf dafür. Alle andern, die es wissen müßten, sind verschwunden. Sie sind aus dem Dorf verschwunden. Sie sind vom Schiff verschwunden. Sie sind aus der Imbißstube verschwunden. Oder sie sind geblieben. Im Dorf. Auf dem Schiff. In der Imbißstube.

Dann bin ich verschwunden.

Wenn ich einen Ausgangspunkt suche, gelange ich zur Ankunft des Beamten, der den Auftrag hatte, das Unglück zu untersuchen, ich gelange nicht zum Unglück selbst. Am Abend des Tages, an dem ein Teil der Grube eingestürzt war, hielt ein Geländewagen vor dem großen Tor. Der Akkordeonspieler fiel in eine rasche Tonfolge. Der Chauffeur des Wagens ließ das Seitenfenster herunterfahren, aber nicht, um eine Münze in meine Kappe zu werfen, sondern um uns anzuschreien. Wir sollten verschwinden. Ich wußte nicht, wie der Mann dazu kam, uns anzuschreien und zu verlangen, daß wir verschwinden sollten. Ich öffnete das Tor trotzdem, ich habe nie einen Unterschied gemacht.

Ich beschreibe das Tor. Ich beschreibe es, weil niemand anders es beschreibt. Ich beschreibe es vorsichtig, um mich nicht allzu sehr zu täuschen: Ein großes und sehr hohes Tor. Ich glaube, es war alt, aus schwarzem oder schwarz gefärbtem Eisen, manchmal rostig oder schorfig, ich weiß es nicht, ich habe mich nie so recht dafür interessiert. Ich stand dort jeden Tag mit Ausnahme Sonntag. Oben zur Mitte hin war das Tor ansteigend geschwungen. Die Gitterstäbe endeten in Lanzettenspitzen, die teils verbogen, teils abgebrochen waren, doch auch in diesem Fall weiß ich nicht warum. Rechts ein Portierhaus mit einer dicken Frau darin, Frau Berber. Links ein Zaun, der rechts zum Portierhaus zurückkehrte, aber so, daß ich den ganzen Zaun hätte abgehen müssen, um zu erfahren, auf welchem Weg. Das Gelände war vollständig eingezäunt, und den Zaun entlang wuchsen Brennesseln, jedenfalls so weit ich es vom großen Tor aus sehen konnte. Nur links, wo wir gestanden waren, erstreckten sich zwei Meter festgetretener Dreck.

Die Straße war eine lange Straße, vermutlich älter als das große Tor und voller Schlaglöcher, die sich bei Regen in Pfützen verwandelten. Die Straße führte an den alten Villen, an der Arbeitersiedlung und an den neuen Villen vorbei zu einer Kreuzung und von dort in die Berge oder zur Stadt. Die Stadt habe ich die längste Zeit nicht gekannt. Zur Arbeitersiedlung ging ich regelmäßig und saß an Küchentischen, wo ich Limonade trank. Zu den alten Villen kam ich jede Woche sonntags bei Sonnenaufgang, denn dank meiner Bekanntschaft mit den Kindern des Platzwärters Zimek durfte ich für die Frauen und Männer am Tennisplatz den Balljungen machen. Zwecks Linie oder Geheimtraining (Ausdruck Platzwärter Zimek) spielten immer einige schon sehr zeitig, praktisch mit dem Hellwerden. Ehepaar Doktor Bianchi, Ehepaar Doktor Kornatz, Ehepaar Doktor Grüneisen. Die Frauen spielten regelmäßig. Am Schauplatz ihrer und ihrer Gatten Erholung, Sündenbüßung und Hinzufügung neuer Sünden habe ich gelernt, was mir später Halt, Erfolg und Glück ermöglichen sollte: Tennisspielen, Umgang, geistige Struktur und Satzbau.

Ich beschreibe den Tennisplatz. Drei sorgfältig instand gehaltene Sandplätze mit vielen Vorschriften und ebenfalls einem Zaun rundherum, der höher war als der Zaun beim Bergwerk. Nach dem Spiel brachte die Frau des Platzwärters Zimek Käse-Wurstplatten und Kaffee mit einem Schuß Likör oder Cognac und achtete genau darauf, daß ich nicht aufaß, was die Frauen übrigließen. Ich sprang den Bällen hinterher und warf sie jedem zu, der winkte oder die Hand in meine Richtung hob. Zuweilen bekam ich Geld für diese Dienste, doch habe ich nie danach gefragt oder den Eindruck vermittelt, daß ich welches wollte. Lieber lieh ich mir mit Hilfe der Zimekkinder und in Abwesenheit der Tennisspieler deren Rackets aus und schlug einen Ball in die Luft oder gegen eine Wand. Ich habe oft daran gedacht, wie sehr mir diese Fertigkeiten in meinem späteren Leben von Nutzen sein würden. Denn später wollte ich die junge Angestellte lieben und glücklich machen.

Ich habe die junge Angestellte vor dem großen Tor und im Büro des Direktors kennengelernt, wohin uns der Direktor an langweiligen Tagen rief. Er führte ein Telefonat mit dem Portierhaus, Frau Berber, und bestellte uns in sein Büro. Dort saß er in seinem nach hinten gekippten Direktorensessel, die Hände im Genick, Blick zum Fenster, und hörte dem Akkordeonspieler beim Spielen zu. Die junge Angestellte brachte Papiere oder Kaffee und meistens, wieheißtesgleich, Genever. Doch eines Tages kam die junge Angestellte in der Früh nicht mehr zum großen Tor, und auch im Büro des Direktors habe ich sie nach dem Tag ihres Ausbleibens nicht wieder gesehen.

Von diesem Tag an waren die Dinge verändert. Als ob allen Hunden die Sehnen durchgeschnitten worden wären (Ausdruck Frau Berber). Alles wurde lose, und die Gleichgültigkeit, die schon dagewesen war, schlug so richtig durch. Defektes Gerät wurde nicht mehr repariert und auch nicht weggeschafft. Hans Ohm, der Wäschereibetreiber, der bis dahin eher mehrmals als gar nicht gekommen war, brachte nur noch alle zwei Tage saubere Handtücher. Der Direktor rief plötzlich öfter als zuvor im Portierhaus an, der Akkordeonspieler spielte länger und schöner, und ich bekam mehr Geld, manchmal viel Geld. Die junge Angestellte fehlte. Sie hielt mein Herz fest. Mein Herz hatte schon davor begonnen, sie zu lieben, doch erst ab dem Tag ihres Ausbleibens ließ die Konstruktion dem Herz keinen Ausweg mehr. Als die junge Angestellte verschwunden war, stellte ich mir vor, wie glücklich wir sein würden, wenn ich erst ein Mann war, sie zurückkehrte oder ich sie wiederfand. Mit Ungeduld wartete ich, daß einer oder alle der eben genannten Umstände eintraten, was aber nie geschah, zu welchem Ende auch immer. Mit Ungeduld wartete ich deshalb darauf, daß wir zum Direktor gerufen wurden, denn ich glaubte, daß der Direktor ebenso gerne an die junge Angestellte dachte wie ich und daß er wußte, wo sie geblieben war.

Am Tag des Grubenunglücks besuchten wir das Büro des Direktors zum allerletzten Mal. Dann traf der Beamte ein, der den Auftrag hatte, das Unglück zu untersuchen, und wieder war alles verändert. Sehr viele Wagen passierten das große Tor, Krankenwagen, Feuerwehren, eilig aufgestellte Hilfsmannschaften. Dutzende Leichen von Arbeitern wurden auf einem defekten, seit einiger Zeit auf dem Gelände deponierten Förderband aufgebahrt und täglich abtransportiert, bis keine neuen Leichen mehr hinzukamen. Das war nach gut einer Woche. Die fehlenden Arbeiter wurden für tot erklärt und der Zugang zu den eingebrochenen Stollen zugeschüttet. Für zwei weitere Tage lag die Zeche still.

Während dieser Tage wurde aufgeräumt. Viele Lastwagen fuhren durch das große Tor und wieder hinaus, und die Feuerwehr legte eine Schlauchleitung zum Löschteich, damit mehr Waschwasser zur Verfügung stand. Ich gebe zu, das Wasser des Löschteichs immer für schwarz gehalten zu haben, und anders als schwarz kann ich mir das Wasser des Löschteichs auch nicht denken, kohlrabenschwarz unter einer grünen Schleimhaut. Trotzdem gelang es den Frauen und Männern, den Hof mit Hilfe des Teichwassers sauberzuwaschen. Sie wuschen mit Schläuchen, Eimern, Bürsten und Lappen. Weil die Bürsten keine Stiele hatten, wuschen sie den Hof auf Knien. Auch aus den Türen des Verwaltungsgebäudes schwappte stundenlang Spülwasser und Schaum, und am Ende des zweiten Tags war der Teich leer.

Beim Nachhausegehen sagten die Arbeiter, die Aufräumarbeiten seien beendet und der Direktor sei entlassen. Gefeuert. Auch die Portierfrau sei entlassen, gefeuert und raus aus der Wohnung, weil sie seit Jahren das große Tor nicht mehr geöffnet habe.

Frau Berber weinte laut. Sie schrie, daß alle mit ihr zufrieden gewesen seien. Alle. Nie habe jemand am großen Tor länger als nötig warten müssen, und Verspätungen habe sie immer gewissenhaft in die Verspätungsliste eingetragen. Sie wollte nicht gehen. Sie wollte bleiben. Alle wollten bleiben. Sie drückte mich, der ich das große Tor immer geöffnet hatte, an ihren großen Busen, so daß ich keine Luft bekam. »Wohin, mein Kleiner?« schrie sie, während ihr dicker Körper unter Krämpfen zuckte. Ihre Tränen sickerten durch meine Haare, rannen vor zur Stirn und zu den Ohren. Das kitzelte und war so ungewohnt, daß ich mich loswand und einen Meter Abstand zwischen mich und die Portierfrau brachte. Von dort schaute ich sie unsicher an.

Frau Berber sagte, ab morgen würde kein Musiker mehr vor dem großen Tor geduldet, auch damit habe es ein Ende. »Aus.« Ich schüttelte den Kopf. »Nicht möglich.« Ich wollte es nicht glauben, wir standen auch am nächsten Morgen, wo wir immer gestanden waren, vor dem großen Tor. Menschen kamen jedoch nur wenige, denn die Arbeiter und Angestellten hatten diesen Tag frei bekommen, damit sie sich von den Schrecken der vergangenen Tage erholen konnten. Rauf und runter blieb die Straße nahezu leer, nur ein paar weinende Frauen brachten Blumen und gingen sogleich wieder weg, als sei der Ereignisvorrat dieses Tages mit den Blumen und Tränen erschöpft. So setzten wir uns zurück auf den Streifen Gras vor dem Portierhaus und warteten weiter, ich weiß nicht worauf. Fahnen wehten auf Halbmast. Die Sonne stieß sich am gesäuberten Zechenhof, wo nichts mehr war, worin sie sich hätte spiegeln können. Gegen Mittag jedoch fuhr, vom Verwaltungsgebäude kommend, der Geländewagen über den gesäuberten Hof der Zeche und hielt auf das große Tor zu. Der Direktor und der Beamte, der den Auftrag gehabt hatte, das Unglück zu untersuchen, saßen im Fond. Frau

Berber, die bereits Koffer gepackt hatte, stürzte aus dem Portierhaus und stieß mich beiseite, weil sie das Tor eigenhändig öffnen wollte, überzeugt, es mit einem Test zu tun zu haben, der ihr bei Bestehen das Hierbleiben ermöglichen würde. Wieder wurde mir bewußt, daß sich die Dinge verändert hatten. Der Direktor gab mir diesmal kein Geld. Der Akkordeonspieler spielte nicht. Ich schaute mich um: Der Akkordeonspieler stand auf der Stoßstange des davonfahrenden Wagens, das Instrument geschultert, und klammerte sich an den Reservereifen. Ich lief hinterher. Der Wagen rumpelte in ein Schlagloch. Der Riemen des Akkordeons öffnete sich, das Instrument gab mit jedem heftigen Federn des Wagens dissonante Töne von sich. Ich lief sehr schnell, ein richtiger Zátopek-Lauf (Ausdruck Arbeiter Kowarik), obwohl mir die Socken vorne aus den Sandalen rutschten. Doch mein wöchentliches Training am Tennisplatz kam mir zugute. Ich erreichte die Hand des Akkordeonspielers, die Hand zog mich ohne Anstrengung hoch, und der Wagen fuhr rumpelnd mit uns davon.

Die Töne des Instruments vom großen Tor bis zur Stadt sind mir noch gegenwärtig. Oft höre ich sie aus einer beliebigen Melodie heraus, und dann denke ich an die alten Villen mit den großen Gärten und an den Tennisplatz, der rechterhand an dem Wagen vorbeiglitt. Dann denke ich an die Platzwärterkinder, Zimek, an die Käse-Wurstplatten und daran, daß ich die junge Angestellte liebe und daß ich sie irgendwann finden will.

Ich habe Talent fürs Tennisspielen, für Umgang, geistige Struktur und Satzbau. Und eine Nase für das Wetter. Als der Tennisplatz hinter uns zurückblieb, sagte ich in Gedanken der jungen Angestellten zum ersten Mal, daß ich sie liebe. Ich sagte es absichtlich in der abgegriffensten Münze, in der ich es oft am Tennisplatz, am Löschteich, in den Gärten der Villen und an den Küchentischen der Arbeiter gehört hatte, meistens schlampig gebraucht. Ich kenne alle Nuancen und bin ein leidenschaftlicher Fachmann auf diesem Gebiet. Auf der Stoßstange stehend, gelang es mir deshalb, die drei Worte auf eine Weise zu sagen, daß am Ende drei Punkte stehenblieben, die alles ausdrückten, was über das Gesagte hinaus zu der jungen Angestellten zu sagen war. Ohne die Sonntage am Tennisplatz und am Teich wäre das undenkbar gewesen.

Einmal (was ist einmal), als der Sand am Tennisplatz knöchelhoch spritzte, so regnete es, rief mich mein Freund, der Wäschereibetreiber Ohm, in den Serviceraum, wo er eine Saite an seinem Schläger wechselte. Er bahnte gerade ein nicht ungefährliches Verhältnis mit einer der am wichtigsten verheirateten Frauen am Tennisplatz an (Ausdruck der rothaarigen Zimektochter). Und da ich schon zu anderen Gelegenheiten einen verläßlichen Nachrichtenaustausch übernommen hatte, erhielt ich auch an diesem Tag einen Auftrag. Aufträge hatten den Vorteil, daß ich zum Dank und wohl auch zur Tarnung Süßigkeiten zugesteckt bekam. Aber um vieles lohnender war, daß ich Erfahrungen bezüglich Frauen und Bewegungssicherheit in heiklen Situationen sammeln konnte; so nannte der Wäschereibetreiber Ohm, der Armausrenker, ganz gewöhnliches Bluffen.

Nachdem ich die Nachricht des Wäschereibetreibers und Armausrenkers, eine Verabredung am Löschteich, aufmerksam gelesen und wieder verschlossen hatte, überbrachte ich sie der wichtig verheirateten Frau. Wichtig war deren Mann, der Betriebsrat Kreisler, dessen Auffassung von gerechter Verteilung in Liebesdingen auf einem anderen Fundament basierte als im beruflichen Alltag (Ausdruck Wäschereibetreiber Ohm). Ziemlich brisant. Frau Kreisler, die Buchhalterin, stammte aus Belgien, sie redete mit einem starken Akzent, der mit gefiel. Deshalb bezog auch ich zum verabredeten Zeitpunkt Stellung, denn ich wollte wissen, wie es sich anhörte, wenn die Buchhalterin Kreisler dem Armausrenker Ohm sagte, was der Sterblichkeit einen Hauch Ewigkeit verleiht und die Fleischlichkeit mit Poesie verklärt (Ausdruck Frau Doktor Grüneisen).

Die Buchhalterin kam pünktlich. Der Wäschereibetreiber hingegen ließ auf sich warten, länger als höflich, fand ich. Ich rechnete jeden Moment damit, daß die Buchhalterin auf dem Absatz kehrtmachen und mit dem Schirm in die Büsche dreschen werde. Aber erstaunlicherweise geschah ganz etwas anderes: Als ihr das Warten zu dumm wurde, sagte sie das, worauf ich schon nicht mehr gehofft hatte, zu den Bäumen statt zum Wäschereibetreiber, und nicht nur einmal, sondern zwanzigmal. Sie sagte es unter ihrem Schirm beim vom Regen gepunkteten Löschteich. Sie sagte es, um die Abwesenheit des Wäschereibetreibers zu vertuschen und um sich die Tatsache, daß sie soeben versetzt worden war, ein bißchen leichter zu machen. Was weiß ich. Es sprudelte nur so aus ihr heraus, mit *Isch* und *Disch*, nur das mittlere Wort korrekt prononciert, eine Rose zwischen zwei Dornen. Sie sagte es mit einer Zigarette im Mundwinkel, zärtlich, mit buchhalterischer Sachlichkeit, erstaunt, unsicher, spöttisch, amüsiert, von Schluchzern begleitet, dann als hätte sie es jahrelang aufgespart, und wieder, im Sekundenwechsel, wie nicht ernsthaft, ins Leere hinein, daß es richtig chinesisch wurde, obwohl die Buchhalterin recht geübt erschien: Mal überzeugend, dann weniger, und zwischendurch immer wieder unter Lachen. Ein schönes, ein rauchiges Lachen. Ich hätte stundenlang zuhören können. Ich hätte am liebsten selber einen Verführungsversuch unternommen, so ging mir das nahe. Aber zu spät. Schon verlöschte die Zigarette im Teich, der Regen wurde lauter. Noch ehe ich den Mut gesammelt hatte, der nötig gewesen wäre, um in die Situation einzugreifen, entfernte sich die Buchhalterin Richtung Tennisplatz. Ich folgte ihr mit Blicken. Sie wurde kleiner.

Wie auch die letzten Siedlungshäuser kleiner wurden, als der Geländewagen des Untersuchungsbeamten die Straße zur Stadt hinunterstaubte. Die Häuser büßten ganz allmählich ihre Farben ein und existierten in gewissem Sinne nicht mehr, obwohl sie weiterhin eine wahrnehmbare Abweichung im allgemeinen Grün gewesen wären. Und Grau. Und Blau.

Also wandte ich mich wieder nach vorn und schaute durch das Heckfenster zum Direktor, der ebenfalls nicht mehr zurückschaute. Er saß rechts hinter dem Beifahrersitz, eine Tasche auf den Knien, und spuckte in kurzen Abständen zum Fenster raus, was uns jedesmal reflexartig die Köpfe einziehen ließ. Gelegentlich unterhielt sich der Direktor mit dem Untersuchungsbeamten. Die beiden redeten mal einander zugeneigt, Kopf an Kopf, dann jeder in seine Ecke hinein, wovon ich wegen des Motorenlärms aber nichts verstehen konnte, so daß auch nichts zu lernen war. Schade. Denn ich hielt den Direktor für klüger als andere und glaubte, daß er über alles Bescheid wußte, worüber ich im unklaren war. Seine Nähe gab mir Sicherheit und Hoffnung. Entgegen jeder Hoffnung. Noch ehe die Stadt hinter einer Krümmung der Erde hervorkam und größer wurde, wußte ich, daß ich beim Direktor bleiben wollte.

Ich beschreibe den Direktor. Er war mindestens fünfzig, groß, dick, grau, in Anzug, Hemd, ohne Krawatte. Er redete nicht viel. Am Morgen kam er im Wagen zum großen Tor, warf eine Münze in meine Kappe, ebenso abends, wenn er nach Hause fuhr, um seine freien Stunden mit ichweißnichtwas zu verbringen, jedenfalls nicht mit Gartenarbeit, denn sein Garten war verwahrlost, und das Gestrüpp konnte sich keine besseren Tage wünschen, weil der Direktor seinen Garten nie betrat. Er schaute kaum je zum Fenster raus. Selbst am Tennisplatz zeigte sich der Direktor selten und wenn, dann nur als Zaungast. Zu diesen Gelegenheiten redete er nicht viel, machte auch den Frauen keine Komplimente in Sachen Frisur oder Vorhand. Einmal (was ist einmal) sagte Frau Doktor Bianchi: »Der Direktor ist nicht ganz bei Trost.«

Auf diese Behauptung konnte die Antwort nur lauten: Der Direktor ist unglücklich verliebt, das liegt auf der Hand, sonst würde er nicht alles verlottern lassen. Ich bin ebenfalls unglücklich verliebt, und zwar in dieselbe Frau, und bin somit der einzige auf diesem Tennisplatz, der am gebrochenen Herzen des Direktors mitfühlen kann. Ich verstehe seine Leiden. Während der Direktor vorzugsweise in sein Glas schaut, schaue ich, wann immer ich kann, in den leeren oder leer werdenden Himmel.

Wenn das große Tor geschlossen war und niemand von welcher Seite auch immer darauf zusteuerte, schaute ich regelmäßig in den leeren oder leer werdenden Himmel, es sei denn, es entfernte sich soeben eine junge Angestellte, die mit ganz geradem Rücken auf ihrem Fahrrad saß, dann schaute ich zunächst der jungen Angestellten hinterher und erst anschließend in den leeren oder leer werdenden Himmel. Meine freie Zeit, vorausgesetzt, ich hielt mich nicht am Tennisplatz auf, um meine Talente weiterzubringen, nutzte ich hinter dem Löschteich, zu dem vom Tennisplatz aus ein Weg führte. Dort gab es eine kaputte Schubkarre ohne Rad, in die ich mich legte, um von dort ebenfalls in den leeren oder leer werdenden Himmel zu schauen. Hatte ich auf diese Weise die Zuversicht gewonnen, auf ein Gelingen meiner Absichten zu hoffen (Ausdruck Arbeiter Stoffan), dachte ich über die Eidechsen nach, die im Dorf sehr verbreitet waren, sogar in den Häusern. Mit den Eidechsen beschäftigte ich mich deshalb, weil ich glaubte, mit ihrer Hilfe irgendwann (was ist irgendwann), wenn ich ein Mann mit starken Armen geworden war, eine Frau glücklich machen zu können: die schöne junge Angestellte und Bürokraft des Direktors, die eines Tages nicht zum großen Tor gekommen und dann für immer ausgeblieben war.

Was dann?

Dann habe ich auf sie gewartet, eine ganze Zeitlang und noch darüber hinaus. Das ist das ganze Dann.

Der Chauffeur des Untersuchungsbeamten parkte den Wagen in einer stickigen Tiefgarage. Der Akkordeonspieler und ich stiegen krumm von der Stoßstange und schüttelten rasch unsere Glieder aus, ehe wir dem Untersuchungsbeamten und dem Direktor in einen Lift und zurück auf die Straße folgten. Wir blieben dicht hinter den beiden, wie Schatten, und während der Akkordeonspieler lose Tonfolgen produzierte, hörte ich aufmerksam auf das Gespräch, das der Direktor und der Untersuchungsbeamte im Gehen führten. Anfangs brachte diese Unterhaltung wenig, was ich nicht schon gewußt hatte oder mir selber hätte denken können, auch keine neuen Ausdrücke. Doch nachdem die beiden neben einem totgefahrenen Mann stehengeblieben waren, wechselten sie das Thema und kamen auf die Opfer des Unglücks zu sprechen. Der Untersuchungsbeamte drehte den toten Mann mit einem Fußtritt auf den Rücken. Die Augen des Toten starrten in den Dunst über der Straße, erstaunt, als glaubten sie nicht, was passiert war.

»Wir haben einundsechzig Tote«, sagte der Untersuchungsbeamte. Der Direktor sprach es mit veränderter Stimme nach: »Einundsechzig.« »Die auf Ihre Kappe gehen«, fügte der Untersuchungsbeamte hinzu. »Man muß es nicht notgedrungen so sehen«, erwiderte der Direktor in einem sehr nüchternen Ton, der den Untersuchungsbeamten verstummen ließ.

Die Männer betrachteten den Toten und wußten nicht, wie sie verbleiben sollten. Es entstand eine Pause, die der Direktor mit einem neuerlichen Themenwechsel beendete.

»Kommen Sie, gehen wir in die Bar, mir ist flau im Magen, ich brauche einen Schluck.«

Doch auch diesen Vorschlag schlug der Untersuchungsbeamte aus. Er nahm Haltung an, drückte dem Direktor den Karton mit den Untersuchungsakten in die Hand und sagte mit großer Entschiedenheit: »Den Weg in die Zentrale spare ich mir, den Weg zum Hafen sowieso. Es spricht nichts dagegen, daß Sie, ein Mann, der technische Studien betrieben hat, diese Lauferei allein erledigen. Liefern Sie die Akten ab, besteigen Sie Ihr Schiff und Adieu.« Mit diesen Worten sprang der Untersuchungsbeamte über den Toten hinweg auf die andere Straßenseite. Der Direktor rief noch: »Wie können Sie mich alleine lassen? Wer garantiert Ihnen, daß ich dorthin gehe, wohin ich nicht will, sondern lediglich muß?« Aber das Taxi, in das sich der Untersuchungsbeamte geschwungen hatte, war bereits weitergefahren, um den Anschluß an die Kolonne der Autos nicht zu verlieren. »Wie können Sie mich alleine lassen?« wiederholte der Direktor. Er schloß die Augen. Es schüttelte ihn etwas, ich sage, eine unbestimmte Angst. Ich hörte den Puls des Direktors. Ich glaube, der Puls applaudierte der Sinnlosigkeit der gestellten Fragen. Denn von Fragen, die ein Untersuchungsbeamter nicht in Betracht zieht, darf sich der Kopf eines Direktors nicht irritieren lassen.

Trotzdem schien der Direktor irritiert.

Ich beschreibe deshalb den Hund, dem der Direktor, sowie er seinen inneren Halt zurückgewonnen hatte, in den Hintern trat. Ein überaus häßlicher Hund von zweifelhafter Rasse, sehr häßlich, du meine Güte, mager und jung. Sein Fell war ganz gelb, hatte aber keine nackten Stellen oder Schwären, seine Häßlichkeit war allgemeiner Natur. Der Hund zerrte am rechten Schuh des am Straßenrand liegenden Toten. Er biß in den Schnürsenkel und in die Ferse des Schuhs, dessen Leder Schimmel ansetzte, so feucht war die Hitze. Der Direktor schwitzte, und die Schweißperlen blieben ihm in einer kleistrigen Konsistenz auf Stirn und Oberlippe stehen. Er blickte um sich. Der Akkordeonspieler spielte. Ich hielt den Passanten meine Kappe hin, rannte hinter den Passanten her, turnte zwischen Beinen. Alles erfolglos. Als ich, neben einer Frau herlaufend, wieder in die Nähe des Direktors kam, der im Zug der Passanten ein Hindernis war, faßte mich der Direktor mit unerwartetem Geschick am T-Shirt und zog mich zu sich heran, daß mir der Stoff des T-Shirts in die

Achsel schnitt und die Nähte knackten. Ich dachte, der Direktor wolle mich ohrfeigen oder treten. Aber nein. Er überreichte mir den Karton mit den Untersuchungsakten und wischte sich die verschwitzten Hände an den Seiten der Hose ab. Unmittelbar darauf gab er den Bemühungen des gelben Hundes die notwendige Richtung, indem er den schon erwähnten Fußtritt gegen dessen Hintern ausführte. Der Hund überschlug sich beinahe und sprang in großen Sätzen davon. Im Laufen beutelte er den ergatterten Schuh, bis die Einlegesohle herausfiel, was dem Hund etwas Materie zum Denken gab.

Um ein Haar hätte der Direktor seine Tasche vergessen, eine blaue Sporttasche mit Hand- und Schulterträgern, Außenfächern breitseits und längsseits. Ich machte den Direktor auf die vergessene Tasche aufmerksam. »Danke.« Der Direktor hängte sie sich über die Schulter und ging an der Bar vorbei, die er zuvor noch hatte betreten wollen. Ich folgte ihm, mir folgte der Akkordeonspieler. Der Direktor drehte sich wiederholt nach mir um, vermutlich mehr nach dem Karton als nach mir. Einmal fiel er fast hin, so eilig hatte er es, taktgenau in die aufgebrachte Akkordeonmusik zu stolpern. Aber wenig später wechselte die Musik in ein anderes Tempo, und der Direktor blieb stehen, oder umgekehrt, wir waren bei der Zentrale angelangt.

Der Direktor setzte sich auf den Karton, den ich ihm mit Erreichen der Zentrale zurückgegeben hatte, und solange er dort saß, lief ich mit meiner Kappe vor dem Gebäude auf und ab. Aber die Leute in dieser Stadt besaßen entweder keine Münzen oder kein Verständnis für Musik, was mir beides unbegreiflich war. Ich freute mich entsprechend, daß sich wenigstens der Direktor seiner Liebe zur

Musik erinnerte. Nach einer Weile sprang er von seinem Karton auf und leerte mit beiden Händen seine äußeren Jackentaschen in meine Kappe. »Verdammte Diebe!« sagte er in ich weiß nicht welchem Ärger, stemmte den Karton mit den Unterlagen in die rechte Hüfte und drang durch den Klimavorhang des Portals in die Eingangshalle der Zentrale, in ein Halblicht, das ich angesichts der erbarmungslos einförmigen Grelle der Straße für wohltuend hielt.

Die Straße, an der wir standen, war ungewöhnlich breit, gerade und glatt. Eine ununterbrochene Reihe vorbeirasender Fahrzeuge warf mir Abgaswolken ins Gesicht, bis ich husten mußte. Weiterhin hatte niemand Münzen oder Verständnis für Musik, niemand hatte ein Wort oder ganze Ausdrücke für mich, und alles das zusammen ließ mich stutzig werden. Ich gelangte an den Punkt, an dem das Dorf wieder größer zu werden begann, ganz allmählich, mit zunehmender Entfernung, gegen alle Gesetze der Optik und wider jegliche Logik (Ausdruck Frau Berber).

Ich beschreibe das Dorf. Vielleicht tue ich nichts anderes. Ich beschreibe es ausführlich, als ob ich mich dort in einem Winkel verstecken wollte, was ich, wenn es mir rechtzeitig eingefallen wäre, hätte tun sollen: In diesem seltsamen Dorf mit den vielfarbigen Reihenhäusern und gepflasterten Vorplätzen und den zwei blauen Bergen in Sichtweite, aus deren Richtung ein leichter Wind wehte. Es gab einen Fluß, einen Wald und den Eisenbahnverkehr zwischen Bergwerk und Stadt. Das Klima im Dorf war heiß und feucht, mit dem Effekt, daß die Schienen der Eisenbahn krumm waren von der Hitze, nur in den Tunnels nicht. Dunst und Kohlenstaub mischten sich zu einem Brei. Grünes Licht gab dem Brei einen magischen

Glanz. Insektenflügel raspelten. Bittere Düfte tropften von Fieberbäumen in einen grünschillernden Teich. In unmittelbarer Nähe dieses Teichs, hinter Gebüsch, das vom Tennisplatz abgewandt lag, stand eine kaputte Schubkarre, in der ich mich hätte verstecken können. Dort hätte ich in den leeren Himmel geschaut und vielerlei gehört, das Huschen von Eidechsen und das Wuchern der Phantasie. Denn der Tennisplatz verwirrte die Sinne, und der Teich, dieser Rattenfänger, zog die Sinnverwirrten an: Der Wäschereibetreiber Ohm sagte zu Frau Doktor Bianchi: »Ich entführe dich. Ich steige zurück in den Ring und kämpfe am Jahrmarkt für dich.« Der Arbeiter Huhtanen sagte zur Frau des Platzwärters Zimek: »Selbst wenn sich Gott mir in den Weg stellte, gelänge es ihm nicht, mich von den Treffen mit dir abzuhalten.« Die Frau des Sprengmeisters Binder sagte zum Kantinenwirt Krumin: »Ich möchte durch die Gardinen in den Garten schauen, wo unser erstes Kind spielt, und meine Brüste sollen vom zweiten Kind schmerzen.« Die Frau des Arbeiters Equatore sagte zu Doktor Grüneisen: »Sowie ich genug Geld gespart habe, verschwinde ich in die Stadt und eröffne dort einen Laden für Schmuck und Kosmetik.«

Frau Doktor Grüneisen zog am Tennisplatz das Taschentuch aus der Hose von Doktor Grüneisen, zerrte es auseinander, daß die Falten krachten, roch daran und weinte. »Du bist ein Schwein!« usw. Beim Löschteich traf sich Frau Doktor Grüneisen mit Herrn Doktor Bianchi, dem sie sagte, daß sie ihn liebe und daß der Wäschereibetreiber, den Frau Doktor Bianchi liebe, an dem leide, was man vereinfachend Wassersucht nenne. Ein Problem der Nieren, aber die Leber sei ebenfalls beteiligt.

Hans Ohm, der Wäschereibetreiber, mußte seinen Arbeitsplatz und sein Siedlungshaus verlassen. Der Kantinenwirt Krumin mußte seinen Arbeitsplatz und seine Wohnung verlassen. Das Ehepaar Doktor Grüneisen mußte seinen Arbeitsplatz und seine Villa verlassen. Es hieß, wegen Doktor Grüneisens Trunksucht. Aber das hätte ich auch so gewußt, ebenso, daß das Ehepaar Doktor Grüneisen zwei Kinder hatte, die in der Stadt großgezogen worden waren. Aber das gehört nicht hierher.

Was gehört schon hierher?

Alles gehört hierher.

Der Arbeiter Ban hat das dritte Kind des Ehepaars Doktor Grüneisen mit einem Bagger zu Tode gefahren, was über Wochen das Gesprächsthema Nummer eins war (Ausdruck Förderbandwart Barothy). In der Nacht hörte sich das Arbeiten der Bagger wie Schmerzensschreie von Kindern an. Vielleicht war das der Grund, weshalb die Nacht über dem Dorf immer einen Buckel machte.

Als der Direktor wieder aus der Zentrale trat, hatten wir gut eineinhalb Stunden gewartet. Kaum im Freien, mußte sich der Direktor übergeben. Ich schaute ihm zu, wie er zwei- oder dreimal in die Pfütze zu seinen Füßen spuckte. Sein Speichel war zäh und hing ihm in einem langen Faden am Kinn und fädelte in das Erbrochene, das überwiegend rosarot war. Ich stellte diese Dinge mit Erstaunen fest und hätte auch manches andere festzustellen gewußt; zum Beispiel, daß sich feuchte Flecken bis an die Oberfläche von Direktor Backmarks Leinensakko vorgearbeitet hatten. Doch kaum hatte ich »Rosarot!« gesagt, schlug mir der Direktor mit voller Wucht meine Kappe aus der Hand. Die wenigen darin befindlichen Münzen sprangen davon, rollten in die Straße und über die Straße. Mein Weinen klang, als habe jemand das Akkordeon getreten.

Ich glaube, es war tatsächlich das Akkordeon, das ich hörte, denn der Direktor stürzte sich wutentbrannt auf den Akkordeonspieler, um ihm das Instrument zu entreißen. Um ein Haar wäre dieses Bemühen erfolgreich gewesen. Doch zuvor brach ein Polizist durch die sogleich entstandene Menschenansammlung, blies heftig in seine Trillerpfeife und zerstreute die Passanten.

»Wer ist für die Sauerei zuständig?« wollte der Polizist wissen.

Keine Antwort.

Der Direktor wischte sich unauffällig den Mund ab.

»Es lebe die Aufrichtigkeit, der Mut zur Wahrheit!« rief der Polizist und schritt den ehemaligen Mageninhalt des Direktors ab. Springenden Blicks war ein Zusammenhang zwischen dem Delikt und mir hergestellt, der damit nichts zu tun hatte, aber klein war, klein wie einer, der eine Kappe trägt, die ihm behilflich ist, Geld von freigiebigen Menschen einzusammeln. Der Polizist zerrte mich hinter dem Akkordeonspieler hervor, verpaßte mir zur Veranschaulichung der schlechten Meinung, die er von mir hatte (Ausdruck Arbeiter Uxa), eine Ohrfeige, die mich fast von den Beinen riß, und zwang mein Gesicht in die unmittelbare Nähe der Lache. »Die Lache stinkt«, sagte der Polizist, »sie wird noch viel heftiger stinken, wenn sie hier länger herumliegt. Die Sonne brennt, die Hitze ist feucht. Ich will Rede und Antwort.«

Darauf die erbetene Rede und Antwort, so freundlich wie möglich, die Hand des Polizisten im Genick, die Nase ganz nahe am Erbrochenen des Direktors: »Lieber Herr Wachtmeister, es gibt einen Hund in dieser Straße, der Einlegesohlen frißt, er kann uns bestimmt auch von dieser Lache befreien. Fragen Sie den Herrn Direktor, er weiß

Bescheid. Auch er kennt den Hund, der Einlegesohlen frißt. Aber ich sehe, der Direktor ist bereits nicht mehr hier. Er muß zu dem Schiff, das der Untersuchungsbeamte erwähnt hat. Er darf das Schiff nicht versäumen. Wir wollen alle nichts versäumen. Lieber Herr Wachtmeister, es scheint nur so, als ob diese Lache jeden Moment ganz fürchterlich stinken wird. Ich stelle fest, daß ihre Ausdünstung eher nachläßt als zunimmt. Bis in zwei Stunden haben sich unsere Probleme verflüchtigt. Bis dahin werden mehrere Beteiligte die Stadt verlassen oder wenigstens ein Schiff betreten haben, das ich weiß nicht wohin fährt, und deshalb möchte ich Sie bitten, mich nicht länger daran zu hindern, dem Direktor hinterherzulaufen.«

Der Polizist ließ mich aus. Sein Tritt traf mich nur halb. Ich rannte so schnell ich konnte, mein sonntägliches Training am Tennisplatz kam mir wieder zugute. Trotzdem hatte ich den Direktor verloren. Ich stand am Gehsteig und weinte. Was sollte ich tun? Ich mußte den Direktor wiederfinden, wenn ich seine Sekretärin wiederfinden wollte, die junge Angestellte, die mir als Kern und Lösung unseres Dilemmas erschien (Ausdruck Ingenieur Wolkov). Ich ordnete meine Gedanken. Der Direktor hatte erschöpft gewirkt, auch mußte er einen grausam schlechten Geschmack im Mund haben, woran mich meine ebenfalls beteiligte Nase erinnerte. Also rannte ich zu der Bar, in die der Direktor schon in Begleitung des Untersuchungsbeamten einkehren wollte. Dort war er der einzige Gast. Er hatte bereits aus einer der kleinen Flaschen, die immer auf seinem Schreibtisch gestanden waren, etwas Inhalt in ein Glas mit Genever schwappen lassen und war gerade dabei, die Flasche in seiner Reisetasche zu verstauen, als wir uns neben ihn setzten. Ich links, der Akkordeonspieler weiter links. Doch anstatt die Tasche zu schließen und das Glas zu leeren und rasch zum Hafen zu laufen, entnahm der Direktor dem Inneren der Tasche einen Packen Papiere und sagte zum Barmädchen: »Meine junge Freundin, das ist der Abschlußbericht des Grubenunglücks, von dem die Zeitungen voll waren und dessentwegen ich dorthin unterwegs bin, wohin ich eigentlich nicht will, sondern lediglich muß. Ich habe diesen Bericht den zuständigen Stellen unterschlagen aus Zorn darüber, daß ich nicht zum Generaldirektor vorgelassen wurde. Statt dessen mußte ich ins Archiv, viertes Untergeschoß. Das hier, schauen Sie, ist die Liste der Namen jener Arbeiter, die bei dem Unglück ihr Leben verloren haben. Einundsechzig Namen. Auffallend viele Namen beginnen mit A und B. Karl Abs, Kara Achmed, Halil Adali, Konstantin Angelescu, Paul Ban, Bela Barothy, Boris Belisch. Erst der achte Name ist der des Sprengmeisters Binder. Durch den Ehering des Sprengmeisters Binder paßten die größten gebräuchlichen Münzen, und ich habe mich immer gefragt, wie man mit so viel Fett auf den Rippen durch die Stollen kommt. Aber es ging. Ein Phänomen. Beim Wettessen anläßlich der 100-Jahr-Feier des Kraftsportvereins hat sich der Sprengmeister Binder in fünfeinhalb Stunden gegen seine Konkurrenten durchgesetzt und anschließend mit seiner Frau getanzt, als handle es sich um die Fortsetzung des Wettkampfs. Es waren drei Männer im Bewerb: Sprengmeister Binder, hundertvierundfünfzig Kilogramm, Iwan Glawin, ebenfalls unter den Toten, hundertneunundfünfzig Kilogramm, und Hans Ohm, der am wenigsten Gewichtige.« Ich: »Hundertdreiunddreißig Kilogramm.« »Genau.« Pause, ausgefüllt mit einem Schluck. »Diese Zahlen muß man sich durchs Gehirn rattern lassen!« fügte der Direktor hinzu. Doch das Barmädchen blieb unbeeindruckt: »Nicht mein Geschmack«, sagte sie. Da fällt mir ein, daß ich einmal (was ist einmal) für den Wettesser Glawin Partei ergriffen habe.

Es war der Morgen nach der 100-Jahr-Feier, kein Sonntag, aber ein roter Kalendertag (Ausdruck Arbeiter Huhtanen). Ich wollte sehen, ob die Sätze, die im Glanz des Festes gesagt worden waren, noch in der Luft hingen, all die gebrauchten Augenblicke und Ausdrücke, die sagen, daß jemand jemanden liebt. Statt zum Tennisplatz lief ich deshalb die Straße hinauf zum Zechenhof und schaute mich rings um den Ort der Feierlichkeit um. Beim Flaschenfriedhof vor der Betriebskantine hörte ich ein gewaltiges Schnarchen. Ich folgte dem Geräusch. Es führte mich zu einem ausrangierten Bagger, auf dessen Motorhaube der Arbeiter Glawin seinen Verdauungsschlaf hielt.

Der Arbeiter Glawin lag bauchoben, mit rotem und schweißfeuchtem Gesicht, die Serviette weiterhin im Kragen. Jemand hatte ihm die Schuhe an den Schnürsenkeln aneinandergebunden, ein grausam schwieriger Knoten, aber ich schaffte es trotzdem, ihn zu lösen. Anschließend kletterte ich in den Kühlergrill des Baggers, stützte die Ellbogen auf die Motorhaube, vornübergebeugt, das Kinn in den Händen, und bewunderte den mächtig auf- und niedergehenden Bauch. Allmählich brachte ich meinen Atem mit dieser Bewegung zur Übereinstimmung, und schließlich tat ich dem Wettesser auch sein Schnarchen nach, übungshalber für später, nicht ganz so laut, aber ebenso vielfältig, mit Untertönen in der Nase, ganz leise, und manchmal, als brächte das Zäpfchen an meinem Gaumen Luftblasen zum Platzen. Oft hielt ich den Atem an, daß mir beinahe schwindlig wurde, weil sich der Arbeiter Glawin die längste Zeit die Sonne in den offenen Rachen scheinen ließ. Aber dann folgte ein desto gewaltigeres Getöse, das den Wettesser fast selber aus dem Schlaf riß, ich forsch hinterher, daß es eine Freude war.

Während ich so vor mich hinschnarchte, dachte ich an meine Zukunft, an so schöne Ehebetten, wie ich sie aus der Arbeitersiedlung kannte mit Lammfellen als Vorleger und eingebauten Radios im Kopfteil. Ein eigentümliches Gefühl ergriff mich. Ich stellte mir vor, daß ich in solchen Betten meine Nächte verbrachte und Küsse erhielt, daß es nur so knallte. Ich malte mir aus, wie schön es erst wäre, wenn ich der jungen Angestellten über die Grube zwischen den Matratzen hinweg sagte, was gegen die Nöte der Welt erfunden worden ist (Ausdruck Elektrohändler Nielson). Aber da bremste mich die Tochter des Arbeiters Glawin ein, indem sie sagte, ich solle das saublöde Schnarchen unterlassen und besser ihren Vater wecken.

Die Tochter des Arbeiters Glawin war elf, konnte aber leicht für vierzehn durchgehen, da sie ihrem Vater staturmäßig bereits nachzueifern begann. Ihre Hosen spannten über dem Hintern, die Ärmel ihrer Bluse waren zu kurz, und auch die Unterhose mußte sie sich einmal richten, während wir uns unterhielten. Sie behauptete, daß Frauen leiden, wenn Männer schnarchen. Eine Frau könne viel verzeihen, aber Schnarchen nicht. Sie sagte es in unverblümter Herausforderung gegen ihren Vater, irgendwie verdrossen. Eine familiäre Auseinandersetzung, dachte ich. Aber das hinderte mich nicht daran zu widersprechen. Ich sagte, daß ich ihr nicht glaube, was sie da verbreite.

»Ach ja?« Sie faßte mich am Ellbogen, dämpfte ihre Stimme, bis sie meinte, den richtigen Tonfall gefunden zu haben: »Und welche Frau, bitte, soll sich dein Schnarchen gefallen lassen?« Sie musterte mich durch eine Locke hindurch, um zu sehen, was für einen Eindruck mir die Frage machte. »Also sag, an wen denkst du?«

Ich spürte, daß die Hitze zu summen anfing und daß die Luft über dem Bagger dick und metallisch schmeckte. Stille, nur das Schnarchen des Arbeiters, der nicht aufwachte, obwohl ihn seine Tochter immer wieder in die Fettfalte knuffte, die ihm über den Gürtel hing. Der Arbeiter Glawin zuckte nur, und die Motorhaube knirschte unter der Belastung.

»Na sag schon! Wie heißt sie?«

Ich riß ein abstehendes Lackplättchen vom Rand einer Rostrose, es fuhr mir spitz unter den Fingernagel. Und ich spürte die Schläfrigkeit und den Katzenjammer, von denen dieser Morgen geprägt war. Nirgendwo Ausdrücke, die in der Luft hingen.

»Was geht es dich an?«

Doch indem ich das sagte, packte mich die Angst, daß mein Zögern unwiderrufliche Spuren an der Aufrichtigkeit meiner Gefühle zur jungen Angestellten hinterlassen würde. Ich konnte ihren Namen regelrecht im Mund schmecken, so drängte er nach vorn. Also nannte ich ihn doch, sogar mit einem gewissen Stolz und halb in der Hoffnung, daß mich die Tochter des Arbeiters Glawin in meinen Absichten ermutigen würde.

Aber sie sperrte die Augen auf, als wolle sie gleich in Ohnmacht fallen, und sagte: »Die schlag dir aus dem Kopf. Die ist mehrere Nummern zu groß für dich.«

»Woher willst du das wissen?« fragte ich.

»Weil sie mehrere Nummern zu groß ist für dich.«

»Ist sie nicht!«

Sie schenkte mir ein mitleidiges Lächeln: »Dann laß ich

dir halt den Glauben!« Dazu machte sie ein mißbilligendes Geräusch mit der Zunge, das ich schon bei ihrer Mutter beobachtet hatte. Ihr Gesicht nahm einen gelangweilten Ausdruck an. »Und jetzt geh bitte«, sagte sie mit Blick auf ihren Vater. Und ich, beschämt über das geringe Zutrauen in mich, dabei froh, den Arbeiter noch immer schlafen zu sehen, zögerte nicht lange und lief fort, über den Hof und raus durch das Tor, die Straße hinunter zum Tennisplatz, wo ich bestimmt schon erwartet wurde.

Auch der Direktor war in Eile, als er merkte, daß sich das Barmädchen für seine Ausführungen nicht interessierte. In plötzlicher Nervosität warf er den Untersuchungsbericht in seine Reisetasche, zerrte am Reißverschluß und ärgerte sich, weil er noch zum Friseur gewollt hätte. Keine Zeit: Das hatte es seit Jahren nicht mehr gegeben. Er bezahlte, »Stimmt so«, und warf mit der Tasche den Barhocker um. Dann hastete er auf direktem Weg zum Meer. Den ganzen Weg dorthin, bis vis-à-vis des Hafengatters das Hupen eines Wagens den Fluß seiner Gedanken störte, redete er vor sich hin. Es kamen Wörter wie Disziplin, Tatsachen, Ungerechtigkeit, Verordnung, Anweisung, höhere Gewalt und Gründe vor. Bloß nicht der letzte sein oder wenigstens einer, der an Bord geht. Dort die Straße hinunter, und hinter der Kaserne hat man bestimmt schon Blick aufs Meer. Nein. Aber gleich da vorn: Der Hafen, die weißen Gebäude, die Kräne, die Schiffsaufbauten und die Containerterminals.

Der Direktor wollte die Straße überqueren, die vor dem Hafen vorbeiführte, wurde aber von dem schon erwähnten Hupen zurückgeschreckt. Ein schwarzer Wagen fuhr an uns vorbei, und ohne es zu wissen, war das der Moment, in dem ich die Kinder des Ehepaars Doktor Grüneisen nach Jahren wiedersah. Ich erkannte sie nur nicht. Während der schwarze Wagen auf das Hafengelände bog, schauten die Kinder des Ehepaars Doktor Grüneisen aus dem Heckfenster und machten dem Direktor lange Nasen. Er fluchte, äußerte sich in die Richtung, daß er die Köpfe der Kinder aneinanderschlagen wolle, bis sie platzten, und stolperte über den fußhohen Sockel der Straßenbahntrasse. Er schlug der Länge nach hin. Eine Straßenbahn näherte sich bimmelnd. Der Direktor wälzte sich zur Straße zurück. Neuerliches Hupen. Ich zerrte am Arm des Direktors, hatte aber nicht die Kraft, den Direktor hochzuziehen. »Wir müssen zum Schiff«, sagte ich. Die Akkordeonmusik fiel taktweise in Seemannslieder, ohne von der Hast abzulassen, die den Rückweg von der Bar zum Hafen begleitet hatte. »Zum Schiff?« fragte der Direktor keuchend. Er schaute mich an: »Du hast recht, wir müssen, schlimm, wenn wir wollten.« Er stemmte sich auf seine Beine. Ich half ihm, so gut ich konnte. Ich griff nach seiner Reisetasche. Und gemeinsam schritten wir durch ein Gatter, das so groß war wie kein anderes Gatter zuvor und danach.

Der Pier, an dem das Schiff lag, wurde von einem weißen Kontrollhaus unterbrochen, vor dessen Eingang wir erneut auf den schwarzen Wagen trafen. Das Ehepaar Doktor Grüneisen räumte gerade den Kofferraum aus, während abseits eine junge Frau die Kinder des Ehepaars an den Händen hielt. Ein gelbes Tuch war um den Körper der jungen Frau geschlagen und linierte ihn auf eine Art, daß unklar war, ob mehr verraten oder mehr verhüllt werden sollte (Ausdruck Wäschereibetreiber Ohm). Der Akkordeonspieler spielte halblaut zwei unverhoffte Takte. Ich fragte mich, wer der jungen Frau als erster sagen würde, daß er sie liebe. Vielleicht der Direktor, nicht jetzt, aber später, er war keiner von denen, die pfeildurchbohrte Herzen in Kuhfladen zeichnen wie die Kinder des Ehepaars Doktor Kornatz. Rasch reichte ich ihm seine Tasche, damit ich die Hände frei hatte, um den Staub von seinen Hosenbeinen zu klopfen. Er sollte nach etwas aussehen. Auch meine Garderobe richtete ich so gut es ging. Dann traten wir, der Direktor voraus, in das Kontrollhaus und reihten uns ans Ende der Schlange aus wartenden Passagieren, die sich langsam dem Schalter näherten.

An besagtem Schalter wurde das Gepäck auf ein Förderband gestellt, das durch ein Röntgengerät lief. Das Gepäck kam wieder zum Vorschein, ein Beamter in schiefergrauer Uniform nickte und händigte Kabinennummern aus. Auch der Direktor stellte seine Tasche auf das Förderband. »Name?« Ein anderer Beamter tippte Daten in einen Rechner. Der Direktor trat durch ein Drehkreuz. Dahinter, am anderen Ende des Röntgengeräts, wollte der Direktor nach seiner Tasche greifen, um sich zu entfernen. Aber der dort postierte Beamte, der die Kabinennummern ausgab, hinderte ihn daran. Das Förderband wurde abgestellt, alle Wartenden schauten in angespannter Neugier.

Der Direktor sagte schuldbewußt, daß er bedauere, den Abschlußbericht unterschlagen zu haben, obwohl er keinen anderen Nutzen an dem Bericht habe als den, sich während der bevorstehenden Tage auf See beschäftigen zu können. Doch der Beamte schenkte der Rede des Direktors keine Beachtung. Er hob die Tasche hoch. Mehrere Tropfen fielen in einen öligen Film am Förderband. Weitere Tropfen fielen, und bei jedem Plitschen zuckte der Direktor zusammen, als ob er einen Schlag erhalten habe.

Ein zweiter Beamter übernahm die Tasche, setzte sie am Fußboden ab, öffnete sie und entnahm ihr einen Packen loser Blätter, den Abschlußbericht, dann Scherben und Wäsche, alles von glänzend braunen, rotorangen Flecken besudelt, woran ich erkannte, daß die Flasche, die der Direktor in der Bar hervorgeholt hatte, bei dem Sturz eingangs des Hafens zu Bruch gegangen war.

Ich beschreibe die Flasche. Ich beschreibe sie detailliert, weil sie einen schlechten Einfluß auf den Verlauf unserer Reise nahm: Sie war klein, schlank, zylinderförmig und faßte 200 Milliliter. Bei dem einen Mal, daß ich Gelegenheit hatte, eine solche Flasche in der Hand zu halten, konnte ich sie mit Daumen und Zeigefinger nicht ganz umfassen. Auf dem kurzen und gewölbten Hals saß eine hellrote Verschlußkappe. Von derselben hellroten Farbe war auch die Abbildung eines Bergmanns auf dem Etikett. Ohne Etikett und Inhalt wäre die Flasche durchsichtig gewesen. Aber der Inhalt machte die Flasche nahezu schwarz und das, obwohl der Inhalt, je nach Menge, braun, rot und meistens orange sein konnte. Die Flecken auf den Papieren und in der Wäsche des Direktors waren augenfällige Beweise dafür.

Über die anderen Qualitäten des Flascheninhalts habe ich so gut wie nichts erfahren. Dies gilt vor allen Dingen für dessen Geschmack. Diesbezüglich kann ich lediglich Rückschlüsse aus den Reaktionen ziehen. Die Reaktionen des Direktors waren Verzückung, Verzweiflung, am Ende innerer und äußerer Bankrott (Ausdruck Arbeiter Müller). Die Reaktionen anderer Beteiligter waren Belustigung, großzügige Verständnislosigkeit und offene Ablehnung.

Die junge Angestellte des Direktors, die nie zu spät gekommen und plötzlich ausgeblieben war: Sie hält mein Herz fest. Die Konstruktion läßt dem Herz keinen Ausweg. Einmal (was ist einmal) rief der Direktor den Akkordeonspieler in sein Büro, wir gelangten aber nur bis ins Vorzimmer, wo eine Torte auf dem Schreibtisch der jungen Angestellten stand, denn es war ihr neunundzwanzigster Geburtstag. Sie blies die Kerzen aus und sagte, gleich müsse sie weinen, und das Weinen war eher da als das Gesagte. Der Direktor reichte ihr ein Glas mit dem von ihm bevorzugten Getränk. Die junge Angestellte nahm einen Schluck, schüttelte sich und lachte mit verzogenem Gesicht: »Es schmeckt – – entsetzlich.« Dann nochmals das Lachen, aber hell und leicht, voller Glück. Sie legte ihren Kopf an die Schulter des Direktors, was mich gleich doppelt zu seinem Bewunderer machte, summte zur Melodie, schloß die Augen und tanzte mit ihm Walzer. Die beiden drehten sich im Walzerschritt, und obwohl sie sehr lange tanzten, wollte die junge Angestellte nicht aufhören. Sie warf einen Blick auf ihren Schreibtisch, der voller Papiere war, und bedauerte, daß sie nach dem letzten Takt nicht nach Hause gehen könne. Sie sagte: »Ich stelle mir vor, daß späte Nacht oder früher Morgen ist und daß ich mit meinem Liebsten eine breite Treppe hinuntersteige. Schnee ist frisch gefallen, die erste Straßenbahn fährt, wir tappen durch den Schnee über einen leeren Kirchenvorplatz und sind noch halb auf dem Ball. So eine Nacht ist irgendwie verzaubert, und man möchte sich alles versprechen bis hin zum Dümmsten.«

Mit den letzten Worten löste sich die junge Angestellte aus den Armen des Direktors und stürzte den mit Angostura versetzten Genever in einem Schluck hinunter, diesmal ohne sich zu schütteln, dafür mit einem Blick, als ob sie gerade einen Regenwurm gegessen hätte. Ich wußte sofort, daß diese Entschlossenheit eine Charakterleistung war.

Obwohl auch sämtliche anderen Personen, die sich zu dem Getränk äußerten (Frau Berber, Frau Doktor Grüneisen, der Kantinenwirt Krumin), dem Getränk ein schlechtes Zeugnis ausstellten, begann der Direktor zu fluchen, sowie er begriffen hatte, daß die Flasche in seiner Reisetasche in Scherben lag. So kannte ich ihn gar nicht, nicht bis zu diesem Tag, in solchem Zorn. Er beschimpfte die Köpfe der Wartenden, er beklagte Rücksichtslosigkeit und Unverschämtheit, Befürchtungen einer trostlosen Überfahrt mischten sich unter die Vorwürfe, höhere Stellen wurden verunglimpft, das Bergwerk beschworen, alles nochmals wiederholt und verdoppelt, verschlimmert, verbessert, bis der Wäschereibetreiber Ohm, gleichmütig wie immer, vom Ende der Schlange nach vorn trat und dem Direktor eine Hand auf die Schulter legte. Der Direktor zog seine Schulter weg, Hans Ohm seine Hand, als habe er nichts anderes erwartet. Trotzdem redete der Wäschereibetreiber beruhigend auf den Direktor ein, das Taxi, das ihn hergebracht habe, sei noch nicht wieder fortgefahren. Wenn der Direktor es wünsche, könne man den Chauffeur beauftragen, in die Stadt zu fahren, um sofortigen Ersatz für die zerbrochene Flasche herbeizuschaffen.

Der Direktor blickte den Wäschereibetreiber an, er schaute betroffen zu dem Beamten, der mit der Säuberung der Tasche beschäftigt war. Er blickte neuerlich auf den Wäschereibetreiber. Der Wäschereibetreiber ließ die Uhr aus dem Ärmel fahren: »Sollte klappen«, sagte er. Für einen Augenblick hellte sich das Gesicht des Direktors auf. Er nestelte mehrere Geldscheine aus seiner Brieftasche und nannte die Adresse eines Spirituosenhändlers in der

Stadt, worauf sich der Wäschereibetreiber zur hinteren Tür wandte und stampfend zu den Parkplätzen eilte.

Inzwischen hatte der Beamte die Tasche des Direktors mit alten Zeitungen abgerieben und das Innere mit sauberen Bögen ausgelegt. Jetzt war er beim Wiedereinräumen der wenigen Dinge, die dem Direktor für diese Reise unentbehrlich waren, Kleidungsstücke, Kosmetikartikel und eine Kamera, die ich bei dieser Gelegenheit das einzige Mal zu sehen bekam. Den Abschlußbericht wickelte der Beamte in ein doppeltes Zeitungsblatt und legte ihn zuoberst in die Tasche, die er dem Direktor anschließend mit einer bedauernden Geste übergab. Das Förderband wurde wieder in Betrieb gesetzt, wir erhielten Kabinennummern und traten durch die meerseitige Tür des Gebäudes zum Schiff.

2 | Auf dem Schiff

Bereits eine Viertelstunde vor Ablegen des Schiffs waren alle Passagiere an Bord. Kaum jemand war zu den Kabinen hinabgestiegen. Die meisten drängten sich an der landseitigen Reling und schauten träge, erschöpft von den Ereignissen der letzten Tage, über das Hafengelände und auf den Pier, wo sich mit Ausnahme zweier Arbeiter, die den Zugang zur Laufbrücke flankierten, niemand aufhielt. Das Ablegen des Schiffs war eine glatte Rechnung. Es gab nichts zu winken. Manche winkten trotzdem. Die Arbeiter lösten die Haltetaue. Eine Schlammwolke stieg mit dem Anker auf. Ohne das geringste Signal wurde das Schiff von Schleppern im Hafenbecken manövriert, bis der Bug in der gewünschten Richtung stand. Das Vibrieren des Schiffskörpers nahm zu, das Schiff gewann an Fahrt und steuerte auf das offene Meer zu. Kinder spuckten lachend in das weiße Schmeißwasser, während einige Passagiere zum Heck liefen, um weiterhin landseitig blicken zu können, wo sich die Stadt entfernte.

Unter diesen Passagieren befand sich der Direktor, der das Taxi, von dem der Wäschereibetreiber gesprochen hatte, noch immer nicht ausmachen konnte. Es war ohnehin zu spät. Der Direktor fluchte auf alle Taxifahrer und auf den ehemaligen Wäschereibetreiber. Er nannte den ehemaligen Wäschereibetreiber einen Lumpen und Armausrenker. Er schlug seine Reisetasche mit aller Kraft gegen die Reling, daß ein Sirren um das Schiff lief. Dann begab auch er sich unter Deck, in künstliches Licht, in schmale Gänge aus grau lackiertem Stahl.

Ich folgte dem Direktor, wie ich es beschlossen hatte, und nach kurzer Zeit holten wir die Portierfrau ein, Frau Berber. Langsam gingen wir hinter ihr her, denn an ein Vorbeikommen war in dem schmalen Gang nicht zu denken. Die Portierfrau, die in jungen Jahren im Pfeifen eine Attraktion gewesen sein soll, pfiff die sentimentale Version eines Abschiedslieds, das schon der Akkordeonspieler auf seine Belastbarkeit geprüft hatte (Ausdruck Ingenieur Wolkov). Sie umgab die Melodie gekonnt mit Trillern. Sie ließ die Töne wuchern. Das erinnert mich daran, daß am Löschteich die Phantasien wucherten.

Doch ich beschreibe jetzt nicht die Phantasien und auch nicht die Portierfrau Berber im ganzen oder pfeifend, sondern den Rücken der Portierfrau. Bevor ich den Rücken der Portierfrau beschreibe, komme ich auf den Regen zu sprechen, der zu Hause mitverantwortlich für das Wuchern der Phantasien war. Denn den Rücken der Portierfrau, den ich nie unverhüllt gesehen habe, habe ich bei Regen beschrieben bekommen.

Zu Hause war das Wetter heiß und feucht, so daß den Ingenieuren, wenn sie ihre Brillen putzten, die Gläser herausfielen. Mir selber hat der Regen nie etwas ausgemacht. Aber auch das Instrument des Akkordeonspielers durfte nicht naß werden. Daher meine Nase für das Wetter. Ich kann den Regen riechen, ehe er am Boden ankommt. Der Geruch geht dem Regen voraus wie manchmal der Schall hinter dem Augenschein zurückbleibt. Ich habe mich nie getäuscht. Ich rieche auch die Stärke des Regens, nur seine Dauer rieche ich nicht. Aber darauf kommt und kam es nicht an. Wichtig war nur, daß der Akkordeonspieler rechtzeitig zum Portierhaus gelangte, nicht, wie lange wir dort bleiben mußten. Wir blieben gerne. Frau Berber machte Tee. Gelegentlich pfiff sie, und manchmal, wenn ich jemandem das große Tor geöffnet hatte, trocknete sie meine Füße.

Einmal (was ist einmal) stolperte ich und fiel in eine Schlammpfütze. Frau Berber wusch mich in ihrer Badewanne, stellte mich nackt auf die Kloschüssel und rieb mich lachend, umarmend, mit einem großen weißen Handtuch ab. »So ein sauberes Kind«, sagte sie. »Wo dieses saubere Kind bloß herkommt? Ich kenne es gar nicht.« Sie machte zwei Schritte zurück, lehnte sich zusätzlich ins Kreuz, als könne sie mich aus der Entfernung besser in Augenschein nehmen. Doch sosehr sie sich anstrengte, sosehr sie die Augen zusammenzog, noch immer verriet ihr Gesicht kein Zeichen des Wiedererkennens. Sie hob ratlos die Schultern. Ich rief, um ihrem Gedächtnis auf die Sprünge zu helfen (Ausdruck des Untersuchungsbeamten): »Ich bin's! Schauen Sie, Frau Berber! Ich! Carlo!« Dabei tat ich, als zöge ich meine Kappe, die ich in dem Moment nicht trug, so erschrocken war ich, wie wenig es braucht, daß man vergessen wird. Aber da lachte Frau Berber schon: »Ah, du bist das! Der Kovacs!« Und sie trat wieder heran, kitzelte mich unter den Achseln und zwischen den Beinen und schüttelte den Kopf.

Später, als der Platzwärter Zimek kam, seine Besuche erfolgten ebenfalls immer bei Regen, vor allem bei starkem Regen, der den Tennisplatz unbespielbar machte, waren meine Kleider, die mir mein gewohntes Aussehen zurückgeben würden, noch nicht wieder trocken, obwohl Frau Berber deswegen den Ofen angeheizt hatte. Ich steckte in einem ihrer großen Unterhemden, das mir bis zu den

Knöcheln reichte. Und anstatt wie sonst immer nach draußen gehen und unter dem kleinen Vordach warten zu müssen, bis es aufgeklart hatte oder der Platzwärter wieder gegangen war, durfte ich im Vorraum bleiben und zuhören, wie der Platzwärter Zimek zur Portierfrau Berber sagte, daß er sie liebe, und daß Frau Berber zum Platzwärter Zimek sagte, daß sie ihn liebe und sich oft manche Nächte mit ihm in einem schönen Ehebett herbeiwünsche.

Die Portierfrau Berber besaß ein Bett für zwei Personen, das Gestell aus Stahlrohr mit Messingknäufen und die Wäsche weiß, was ich auch zu sagen wüßte, wenn ich nicht zuweilen krank geworden wäre. Wenn der Regen fiel und wir unter dem Vordach warten mußten, bis der Platzwärter Zimek seinen Besuch abgestattet hatte, schaute der Akkordeonspieler durchs Fenster. Einmal schaute auch der Arbeiter Mosig durchs Fenster. Ich fragte, was es da zu sehen gebe, und der Arbeiter Mosig beschrieb mir das Bett, die Fußsohlen des Platzwärters Zimek und den Rücken der Portierfrau Berber.

Seither weiß ich, was es heißt, die Dinge zu beschreiben.

Ich beschreibe den Rücken der Portierfrau: Ich behaupte, es war ein glücklicher Rücken. Teil eines adipösen Körpers (Ausdruck Doktor Grüneisen), breit und kompliziert gestaltet. Wülste fielen von den Schulterblättern, stapelten sich vom Hintern hoch zum Kreuz. Das Kreuz, inmitten dieser Wülste, war eingebuchtet, damit der mächtige Busen ein Gegengewicht hatte. Die Tönung der Haut war hellrosa, zum Hintern hin beinahe weiß. Der Hintern war fest und ohne Falten, aber voller Dellen. Wenn die Portierfrau ein Lied pfiff, wackelte sie mit dem Hintern, wenn sie weinte, wackelte er von selbst.

Die Portierfrau Berber, die ehemalige Geliebte des verregneten Platzwärters, weinte häufiger als andere Frauen. Im Gang unter Deck, als sie dem Direktor den Weg versperrte und ein Abschiedslied pfiff, unterlief ihr ein falscher Ton. Sie brach sofort in Tränen aus und fiel in einen raschen Schritt. Mehr laufend als gehend drängte sie sich den Gang hinunter, während halberstickte Schreie ihren schon beschriebenen Hintern bewegten. Der Direktor, dicht hinter ihr und ganz gebannt von dem Schauspiel, rannte an der ihm zugewiesenen Kabine vorbei. Ich zerrte ihn an seinem Sakko, bis er stehenblieb. Wir hörten noch mehrmals ein Japsen und diese erbärmlichen Schreie. Dann war es schlagartig still.

»Was sie nur hat?« fragte der Mann, der im Kontrollhaus vor dem Direktor in der Reihe gestanden war und offenbar die Kabine zur Rechten des Direktors belegte.

»Was wird sie schon haben?« rief zornig Frau Doktor Grüneisen zwei Türen links von uns. »Sie hat, was wir alle haben. Was fragen Sie? Sind Sie freiwillig auf diesem Schiff?«

»Wäre ich es nicht, wäre ich nicht hier«, antwortete der Mann und schloß nahezu gleichzeitig mit dem Direktor die Kabinentür.

Frau Doktor Grüneisen, diese traurige Schönheit, an sie zu denken ist immer überraschend. Sie blieb am Gang stehen, die Fäuste in die Seiten gestemmt, wie es ihre Art war, Ende Dreißig, groß, schlank, in Jeans, die Sonnenbrille das ganze Jahr über im Haar. Das Haar, obwohl hell, war an den Wurzeln manchmal dunkel.

Jeden Dienstag und Freitag kam Frau Doktor Grüneisen zum großen Tor, wo sie Zigaretten rauchte, so viele sie konnte, bis sie in Eile war. Meistens lehnte sie mit geschlossenen Augen irgendwo an, am Zaun, wo auch ihr Fahrrad lehnte, und war glücklich. Immer wenn sie rauchte, war sie glücklich. Immer steckte sie dem Akkordeonspieler Zigaretten zu und bat um Hochzeitsmusik, was verwunderlich war, weil Frau Doktor Grüneisen regelmäßig über ihre Ehe klagte. Beim Weiterfahren klagte sie auch über ihre Arbeit als Ordinationshilfe ihres Mannes. Aber meistens klagte sie in Form von Späßen. Eine traurige und fröhliche Frau. Ich mochte sie oder sie mochte mich. Ich weiß es nicht. Aber in der häßlichen Imbißstube, zu der uns unsere Reise führte, nahm sie meinen Kopf in ihren Schoß, bevor sie verschwand, und deshalb kann es sein, daß mich Frau Doktor Grüneisen mochte oder ich sie, eine nicht zu beantwortende Frage, die nicht hierhergehört.

Aber was gehört schon hierher?

Alles gehört hierher.

Frau Doktor Grüneisen spielte unter allen Frauen am Tennisplatz das beste Tennis. Sie wollte immer laufen. Sie lief dem Ball auch hinterher, wenn es aussichtslos war. Einmal (was ist einmal), während eines Spiels, sagte sie zu Frau Doktor Bianchi, das Tennisspiel sei ein Spiel für Kojoten in einem Käfig. Sie wolle davonlaufen und sich nicht umdrehen. Nur so. Dann schlug sie den Ball beidhändig mit aller Kraft ins Netz, was nichts Ungewöhnliches war, denn Frau Doktor Grüneisen spielte stets mit ehrgeizigem Zorn. Niemand stritt öfter als sie um Bälle, von denen nicht klar war, ob sie im Spiel gelandet waren oder nicht. Wenn keine Einigung in Sicht war, wurde ich gefragt. Aber ich bedauerte immer, daß ich es verabsäumt hätte, auf den Ball zu achten, was Frau Doktor Grüneisen regelmäßig dazu veranlaßte, ihren Schläger nach mir zu werfen und zu sagen, daß ich lüge. Ich brachte ihr den Schläger zurück, weil ihr Vorwurf gerechtfertigt war. Als Frau Doktor Bianchi eines Tages einen Ball durch ein Loch im Netz schlug und darauf bestand, daß der Ball das Netz korrekt passiert habe, weil ein Ball nicht unbemerkt durch die Maschen des Netzes schlüpfen könne, brach Frau Doktor Grüneisen, nachdem sie auch bei mir keine Unterstützung gefunden hatte, das Spiel mit den Worten ab, Blindheit könne sie entschuldigen, Dummheit nicht. Sie rannte zum Löschteich, und am Abend war das schwarze Wasser des Löschteichs sichtbar ausgedünnt. Aber das hielt nicht lange an, wie so vieles nicht lange anhält und dann wieder ist wie gehabt (Ausdruck Direktor Backmark).

Der Direktor behauptete, daß das wenigste es wert sei, daß man es ändere, das Wetter ändere sich von selbst, und das Wetter interessiere ihn nicht. Deshalb ging er während der ersten Tage auch kein einziges Mal an Deck, sondern hielt sich fast ausschließlich in seiner Kabine auf, die er nur verließ, wenn es unvermeidbar war.

Die Kabine des Direktors glich allen anderen Kabinen aufs Haar. Drei Meter im Quadrat, ohne Fenster. Eine Klimaanlage surrte so leise, daß man das Geräusch im Rumoren der Mitreisenden suchen mußte oder nur nachts hörte. An den Türen waren Klinken, keine Schlösser. Ein kleines Waschbecken befand sich links neben der Tür. Der Hahn des Direktors tropfte, das war das Besondere, das die Kabine des Direktors von den anderen Kabinen unterschied. Zwei Betten füllten im rechten Winkel zueinander die Kabine fast aus, über beiden Betten hing dasselbe Bild einer Winterlandschaft. Es gab einen schmalen Kasten, eigentlich zwei Spinde. Ein mit Gummi bezogener Schemel war in die einzige freie Ecke gezwängt. Darauf stand eine Vase mit Plastikblumen.

Der Akkordeonspieler stellte die Vase mit den Blumen unter den Schemel, setzte sich und spielte Tangos. Die Musik begleitete das Rollen des Meeres mit unerschütterlicher Gleichmäßigkeit. Ich brachte zuweilen Essen und Trinken. Aber die meiste Zeit saß ich neben dem Direktor auf dessen Bett und hörte auf das, was er während der Durchsicht der unterschlagenen Papiere redete; die junge Angestellte kam leider nie vor. Wenn der Direktor auf seinem Bett lag, lag ich auf dem anderen Bett und spuckte vor Langeweile zur Kabinendecke. Dort waren anfangs Fliegen gekrochen, aber schon nach zwei oder drei Tagen hatten die Fliegen ihren Glanz verloren und waren gestorben, weil in der Kabine eine erniedrigende Stickigkeit herrschte. Oft lag der Direktor mit entblößtem Oberkörper da, fast reglos. Er schwitzte heftig. Schweiß rann ihm in die Augen. Und in solchen Stunden bestaunte ich seine Haut, die nicht glänzte wie die Muskeln der Arbeiter, wenn die Arbeiter, vom Sonnenlicht geblendet, aus dem Bergwerk gekommen waren, sondern sich ein stumpfes, gelbliches Weiß gefallen lassen mußte mit bläulichen Flecken wie schimmliger Schmelzkäse. Ohne Hemd gab der Direktor ein schlechtes Vorbild ab, ein vollkommenes Bild des Jammers, im Zustand der Anfechtung, jenseits allen Widerstands. Zuweilen vergrub er sein Gesicht in den Papieren, die Aufschluß über das Unglück gaben. Aber er tat dies nicht, um etwaige Trauer oder Scham zu verbergen, sondern um dem Geruch der verschütteten Flüssigkeit nachzuspüren, von der die Papiere durchdrungen waren.

Als der Geruch nach wenigen Tagen zu verschwinden drohte oder an Parfüm oder an Medizin erinnerte, jedenfalls unkenntlich geworden war (widersprüchliche Äußerungen des Direktors), befeuchtete der Direktor die Flekken mit Spucke, später mit Wasser, was am Ende aber auch nichts nutzte und dem Direktor das Ausmaß seines Verlusts nur desto spürbarer machte. Seine Laune wurde reizbar und seine Nerven ließen ihn im Stich. Er ging in der engen Kabine auf und ab und sagte in schier endloser Reihe, ohne dabei auf das Blatt zu schauen, die Namen der Toten her: Karl Abs, Kara Achmed, Halil Adali, Konstantin Angelescu, Paul Ban, Bela Barothy, Boris Belisch, Isaak Binder, Georg Blemenschitz. Manchmal jagte mich der Direktor mit Fußtritten auf den Gang. »Mach, daß du raus kommst!« Manchmal rief er mich zurück. Zum Beispiel, weil sein Wasserhahn tropfte und ihm das Geräusch der höhnisch auf das Email schlagenden Tropfen das Gehirn aushöhlte (Ausdruck Direktor Backmark).

Damit die Wassertropfen nicht ins Becken fallen und dieses bekannte Geräusch verursachen konnten, fing ich sie mit den Händen auf, halbe Tage lang, bis die Wassertropfen auch mir zuwider waren, bis mir die ganze Reise zuwider wurde. Aber das legte sich, als auch der Direktor seiner Kabine überdrüssig wurde und beschloß, es denjenigen Passagieren gleichzutun, die die Nachmittage und Abende an Deck verbrachten.

»Geben Sie schon zu, hier ist es einigermaßen erträglich«, sagte Frau Doktor Grüneisen, als der Direktor auf der Suche nach einer Sitzgelegenheit ihren Liegestuhl passierte. Aber der Direktor zuckte die Achseln, für ihn bestehe der Unterschied nicht darin, ob er sich auf oder unter Deck aufhalte. Was immer er denke, welche Schleichwege er ersinne, er komme am Ende wieder zu dem einen Schluß, daß er lieber ganz woanders wäre.

Das war ein großes und leidiges Thema: Das Andere, das nicht war oder woanders. Ich habe oft und lange zugehört, ohne klüger zu werden, und deshalb beschreibe ich jetzt das Meer, das Meer, über dem das Gesagte verflog, als wäre es nie gesagt.

Ich weiß, wer das Meer beschreibt, muß Farbe bekennen. Es wird eine lange und schwierige Beschreibung. Ich werde auf die Augen der Eidechsen zu sprechen kommen, auf die Augen der jungen Angestellten, auf die Liköre der Ehefrau des Platzwärters Zimek, beginne aber, übungshalber, mit dem Löschteich. Vielleicht lasse ich den Fluß rauschen. Die Schwimmschule wird beschrieben werden, der Ruderverein, die weißen Strickpullover mit Blau in den Krägen. Auch der Ruderverein besaß einen Wärter, Polivka, zu deutsch *Suppe*. Er hatte sich eine kleinere Menge Wissen über Nixen und Wassermänner angeeignet. Doch auch das gehört nicht hierher.

Was gehört schon hierher?

Alles.

Ich lasse das Meer, spare den Teich für später auf, nenne den Fluß Schwimmschule Ruderverein und alles zusammen Glück, jäh weggespültes Glück.

Die Passagiere saßen im Schatten des Aufbaus, in dessen oberster Etage die Führungskanzel war. Ich hielt mich in der Nähe des Direktors auf, um meine Talente nicht zu vernachlässigen. Das Tennisspielen war mir unmöglich geworden. Leider. Der Direktor schaute mit einem Ausdruck verbitterten Argwohns in das ruhig flutende Wetter und zupfte Hautfetzen von seiner sich schälenden Nase. Nach Möglichkeit saß er allein. Aber ständig vereinnahmten ihn Passagiere mit ihren Fragen und Zweifeln. Es gab unzählige Fragen und Zweifel. Der Kantinenwirt Krumin sagte zum Direktor. Das Kindermädchen des Ehepaars Doktor Grüneisen sagte zum Direktor. Die Portierfrau Berber sagte zum Direktor. Alles vom Charakter vertraulicher Mitteilungen, in denen es nicht an Ausdrücken fehlte, die ich mir gemerkt habe: *Enthebt uns jeder Entscheidung, auch so eine Drachensaat, die irgendwann aufgehen mußte, je länger, desto nutzloser, moralisch auf der sicheren Seite, jede Minute, die Gott gibt, aller menschlichen Voraussicht nach, wir sind hier nicht in Rußland.* Aber nirgendwo hörte ich noch jemanden sagen, daß er jemanden liebe. Es waren nicht diese abgegriffenen Worte, die selbst im allerschlampigsten Gebrauch am Tennisplatz oder am Teich mehr Sinn hatten als alle Weisheiten an Deck. Der Direktor winkte ab. Er blieb einsilbig, ablehnend, teilnahmslos. Er sagte, daß er in völlige Aussichtslosigkeit blicke. Seit man ihn mit den Unglücksakten der Untersuchung ins Archiv geschickt habe, sei ihm alles egal und alles zuwider, er habe nicht einmal mehr Lust, die gegen ihn erhobenen Vorwürfe zu widerlegen. Er rührte den Honig im Tee auf, den ich ihm gebracht hatte. Seine Kehle war rauh von der Zitrone, dem Wind und dem halsausdörrenden Gerede (Ausdruck Direktor Backmark). Er wollte nicht reden. Aber Frau Doktor Grüneisen sagte, sie habe schreckliche Angst, daß es eine Möglichkeit gegeben hätte zu bleiben oder daß die Möglichkeit bestehe zurückzukehren, sie sehe diese Möglichkeit nur nicht. Der Direktor nickte. Er schaute vom rostigen Boden auf, schaute zu den Wellenkämmen und sank dann zurück, wobei er die Augen schloß wie eine Puppe mit Blei in den Lidern (wie die blondeste Puppe der jüngsten Angelescu-Tochter): »Es tut sogar gut, an die Möglichkeit einer Rückkehr zu denken, aber das ist schon wieder alles.« Er öffnete die Augen und sah

Frau Doktor Grüneisen an. Ich selber dachte, jetzt wird sie es sagen. Ich hätte gerne gehört, was ich so mag, auch vom Direktor, der diese Worte sehr sparsam benutzte. Doch statt zu sagen, daß er Frau Doktor Grüneisen liebe, sagte er, grad so, als rede er mit seinen Schuhen, daß die Farbe des Rosts am Schiff dieselbe sei wie die des Angosturas auf seinen Papieren.

Wenn ich an den Rost denke, fällt mir zweierlei ein, das große Tor und daß an einem der ersten Nachmittage an Deck Hans Ohm den Direktor fragte, ob der Direktor an einem geselligen Tanzabend teilnehmen wolle, den sie an Deck abhalten würden. »Im Rost?« hatte der Direktor gefragt. Man könne zusammenkehren, hatte Hans Ohm mit einem verwegenen Schwung im Mundwinkel geantwortet, der Nasenzertrümmerer, Wettesser, ehemalige Wäschereibetreiber, der dem plötzlichen Ende unseres bisherigen Lebens mit demonstrativ guter Laune begegnete. Sowie mehr als zehn Passagiere zugesagt hätten, stehe dem Tanzabend nichts mehr im Weg.

Doch der Direktor lehnte ab. Ich selber hätte zugesagt, sofort. Aber selbst die Kinder des Ehepaars Doktor Grüneisen zählten nicht, weshalb ich es gar nicht erst probierte und auch nicht sagte, daß ich den Menschen gerne beim Tanzen zuschaue, eine Neigung, die sich sogar verstärkt hat, seit ich die junge Angestellte liebe.

Einmal (was ist einmal), als der Hof des Bergwerks noch nicht verlottert war, spielte der Akkordeonspieler anläßlich der 100-Jahr-Feier des Turnsportvereins. Überall war Herbst, aber im Hof des Bergwerks war noch Sommer. Magnesium stob von Händen und Füßen. Beine grätschten und spreizten sich. Männer in weißen Trikots wirbelten durch die Luft, auf der Brust in Rot und Schwarz ein

Emblem, gemischt aus einer Requisite ihres Berufs und der schematischen Darstellung ihrer fliegenden Körper. Die Körper flogen kreuz und quer und verfehlten sich um Haaresbreite. Ooooooo! riefen die Frauen. Aaaaaaa! die Männer. Die Turner landeten knöcheltief in blauen Matten. Sie richteten sich auf, bogen sich in Schwung und Rhythmus, streckten die Arme seitlich aus, warfen die Köpfe zurück, daß Dampf aus den feuchten Haaren wehte, und die Haut über den Muskeln glänzte, als wären die Arbeiter gerade aus dem Bergwerk gekommen.

Die Zuschauer klatschten.

Die Turner machten eine Pyramide.

Dann machten sie Knieumschwünge, jeder so viele er konnte.

Alle zählten mit, schreiend: siebzehn – achtzehn – neunzehn – zwanzig – einundzwanzig – – zweiundzwanzig. Auch die junge Angestellte zählte mit. Sie war auf das Rad eines Baggers geklettert, um besser sehen zu können. Ihre Schuhe paßten zwischen zwei Reifenstollen. Dreiundzwanzig – vierundzwanzig – fünfundzwanzig. Sie lachte, hüpfte, und bei achtundzwanzig brach sie sich den Stöckel ihres rechten Schuhs.

Später sah ich sie tanzen, sie tanzte nicht mit mir, sondern mit dem Sieger der Knieumschwünge, er, frisch geduscht, im Anzug, damit man seine roten Kniekehlen nicht sah, sie, barfuß auf dem Hof der Zeche, der am Tag ihres Ausbleibens zu verlottern begann. Die beiden tanzten, bis der Wäschereibetreiber Ohm den Sieger der Knieumschwünge ablöste, und beim bloßen Zusehen wurde mir klar, daß es nicht leicht sein würde, eines Tages ähnlich stark zu sein wie der Turner, ähnlich gewandt und versiert im Tanzen wie der Wäschereibetreiber Ohm. Ich wollte mir Mühe geben, mehr Mühe als andere, denn mit kräftigen Armen und geschickten Beinen würde es mir irgendwann (was ist irgendwann) gelingen, Frauen (eine Frau) glücklich zu machen. Ich habe Talente erworben und das Tennisspielen erlernt, sonst nichts, falsch, ich besitze eine Nase für das Wetter. Aber ich kann nicht tanzen, kann's nicht, leider, hab's nie gebraucht und nie gelernt. Gleichwohl: Ich begriff, daß ich es brauchen werde, würde. Schneefall in der Nacht, der Heimweg nach dem Ball, ein Kirchenvorplatz, die junge Angestellte neben mir, sie ist verzaubert. Straßenbahnen schmelzen das Eis an den Oberleitungen und werfen Funken in unsere leergetanzten Herzen.

Um all diesen Dingen gewachsen zu sein, hoffte ich, daß der Tanzabend an Deck, die nützliche Belustigung (Ausdruck Hans Ohm) zustande komme. Die Anzeichen standen günstig. Denn schon am ersten Tag sammelte Hans Ohm, Nasenzertrümmerer und Armausrenker, die Unterstützung von acht Passagieren: Die Portierfrau Berber sagte ihre Teilnahme zu. Der Kantinenwirt Krumin sagte seine Teilnahme zu. Vier Passagiere, die niemand kannte, sagten ihre Teilnahme zu und wenig später wieder ab. Zwei andere Passagiere sagten zu, unter ihnen der Kabinennachbar des Direktors. Frau Doktor Grüneisen mußte ihren Mann fragen, ja, aber die Kinder zählten nicht, das Kindermädchen schon.

Der Direktor winkte auch am darauffolgenden Tag ab. Ihm sei nicht nach feiern. Er wisse nicht, was ihn dazu veranlassen könne. Er wolle lieber schlafen als tanzen und vergessen, daß er je getanzt habe. Frau Doktor Grüneisen nannte den Direktor einen dummen Menschen. Sie sagte: »Direktor Backmark, Sie sind ein dummer Mensch. Sie tun so, als ob Sie keine Bedürfnisse hätten, und dabei trauern Sie einer zerbrochenen Flasche nach, als ob jemand gestorben wäre. Wenn Sie versprechen, im Gegenzug den Tanz zu besuchen, verhelfe ich Ihnen zu einer neuen Flasche Angostura.«

Der Direktor ruckte auf. »Wie soll das zugehen?« Seine Lippen wurden unter einem Anfall von Skepsis klein. Er schüttelte den Kopf. »Nicht möglich.« Aber Frau Doktor Grüneisen warf herausfordernd ihr Haar aus dem Gesicht, streifte den Direktor mit einem kurzen Blick herablassender Zärtlichkeit und fügte mit hell auflachender und doch gesenkter, ein wenig vorwurfsvoller Stimme hinzu, daß er, der Direktor, so gut wie sie wisse, wie leicht man könne, wenn man wolle. Sie faßte ihn an der Hand. Ich dachte schon, sie sage jetzt, was ich so mag. Aber nein, schon wieder, nein, schon wieder. Sie fügte lediglich hinzu, und das verblüffte mich: »Schlagen Sie schon ein, der Handel gilt.«

Ich weiß auch nicht, warum ich mir zwei Menschen auf einem Schiffsdeck, während nebenan die Fische springen, anders vorstelle als den Direktor und Frau Doktor Grüneisen. Vielleicht, weil alles möglich scheint und dennoch nichts zu sagen ist. Vielleicht, weil ich Frau Doktor Grüneisen wiederholt zu jemandem sagen hörte, daß sie ihn liebe, meistens in ähnlichen Situationen, in denen es nichts zu sagen gab. Sie sagte es nicht so oft wie Frau Doktor Steinbach, die sich am Löschteich mit nahezu jedem traf, aber häufig und meist völlig unerwartet und grundlos. Ich möchte die Namen der Betroffenen nicht aufzählen, muß aber einräumen, daß ich mit dem Gebrauch, bei allem Neid, den ich empfand, selten sonderlich glücklich war. Die Überzeugung fehlte. Trotzdem habe ich viel gelernt, viel für mich. Besser etwas Falsches hören als gar nichts, einer meiner Grundsätze und auch der Grund, weshalb mich Herr Doktor Grüneisen, der diese Worte mied, nur bedingt interessierte. Eine kleine Ungerechtigkeit. Aber jeder hat seine Leidenschaft, für die er arbeitet (Ausdruck Frau Doktor Bianchi).

Doktor Grüneisen, der auch nie gemeint war, wenn jemand sagte, daß er jemanden liebe, redete nicht viel. Manchmal lachte er und brachte andere zum Lachen, manche Frauen kicherten, meistens waren diese Frauen Mädchen, die Tochter des Platzwärters Zimek per esempio (ebenfalls Ausdruck Frau Doktor Bianchi).

Die Tochter der Zimeks wäre gar nicht imstande gewesen, so zu lachen wie Frauen lachen, eine altersmäßige Unzulänglichkeit, obwohl sie heimlich rauchte. Es war Sommer, Sonntag, der Regen hatte erst vor wenigen Minuten aufgehört, das Wasser und der Dampf gaben den Bäumen ein phantastisches Aussehen. Ich zündete unter der kaputten Schubkarre Kohlen an, die ich entlang des Gleises gesammelt hatte, und schaute in den allmählich leer werdenden Himmel, wo die Wolken in Fetzen flogen wie Wettscheine, die nichts gewonnen haben. Die Dampfschwaden, die aus der Schubkarre und aus meiner Hose stiegen, versetzten mich in gute Stimmung. Ich wußte, daß der Tennisplatz nicht vor mir trocken sein würde und daß ich ausreichend Zeit hatte, meine Theorie zu durchdenken und mich an ihrer Logik zu erfreuen. Die Tochter des Platzwärters Zimek kicherte derweil, sehr kindisch, während sie sich von Doktor Grüneisen zwischen die Beine greifen ließ. Das hätte, wenn die Platzwärtertochter älter gewesen wäre, schöner klingen können. Trotzdem paßte auch ihr Kichern zu meinen Überlegungen und zu meiner

Theorie. Denn meine Theorie sollte mir irgendwann (was ist irgendwann) behilflich sein, die junge Angestellte wiederzufinden und glücklich zu machen. Auch die Tochter des Platzwärters Zimek war glücklich. Aber Doktor Grüneisen sagte ihr nicht, daß er sie liebe, sondern daß sie ein dummes Luder sei, das mit seinem Gekichere zuwege bringe, sein Unglück abzurunden.

Aber das geschah nicht, nie, im Gegenteil. Nach seinen Treffen am Löschteich trank Herr Doktor Grüneisen deutlich weniger als an anderen Tagen und spielte sogar Tennis gegen seine Frau, einmal auch mit ihr. Die Begegnungen am Teich machten ihn ausgeglichen und ruhig. Trotzdem sagte Frau Doktor Grüneisen, er sei ein Schwein usw. Sooft Frau Doktor Grüneisen zu jemandem sagte, daß sie ihn liebe, sooft sagte sie ihrem Ehemann Schimpfwörter, meistens gewöhnliche Schimpfwörter, denn wie die Liebe besteht auch die Ablehnung aus Gemeinplätzen (Ausdruck Ingenieur Wilhelm). Zwar habe ich gehört, wie Frau Doktor Grüneisen ihrem Zorn mit exotischen Schimpfwörtern etwas Glanz verlieh. Ich habe sie auch ganz besondere Schimpfwörter sagen gehört, Mädchendoktor, Glückdieb, Aktentaschensäufer, Kursalber, Herzwürger. Und diese Schimpfwörter sagte sie einzeln und beinahe zärtlich oder besser, sie klangen wenigstens zärtlicher, weniger lieblos als die bekannten. Aber das waren Ausnahmen, und für gewöhnlich begnügte sich Frau Doktor Grüneisen mit allgemein gebräuchlichen Verunglimpfungen, die gehäuft aus ihr heraussprudelten, als homerische Kataloge (Ausdruck Doktor Grüneisen).

Den Direktor nannte Frau Doktor Grüneisen kurz und ohne Aufwand *Narr*, ein Gemeinplatz. Zur Bekräftigung schüttelte sie den Kopf, gleichzeitig trat sie zum Aufgang unterhalb der Schiffskanzel, dessen Tür sich ohne Widerstand öffnen ließ. Eine Treppe schloß sich an. Frau Doktor Grüneisen trat hinein, die Treppe hoch, und war schon nicht mehr zu sehen, als sie dem Direktor noch rasch zurief, daß sie in wenigen Minuten zurück sei. Ihre Stimme hallte wie Stimmen in einem Stollen. Ich glaube, das war der Grund, weshalb sich der Direktor nicht von der Stelle rührte, bis Frau Doktor Grüneisen, die Bluse etwas geöffnet, mit einem triumphierenden »Da bin ich wieder!« zurück aufs Deck sprang. Sie sprudelte sogleich mit der Nachricht heraus, daß ein Funkgespräch gar nicht nötig gewesen sei, da der nächste Hafen in drei Tagen angelaufen werde. »Vierundzwanzig Stunden Aufenthalt und Zeit genug für jeden, zu tun, was er nicht lassen kann.«

»In drei Tagen?« fragte der Direktor.

»In drei Tagen«, sagte Frau Doktor Grüneisen.

Mit einemmal besaß die Zeit wieder eine kurzfristige Ordnung.

Es hatten die Sonntage gefehlt, Sonntage, sagen, daß man jemanden liebt, Ball übers Netz und Ball zurück, hin und her, Wurst- und Käseplatten, Liköre, montags wieder zur Arbeit, dienstags und freitags vielleicht mit dem Fahrrad, eine Zigarette rauchen, eine zweite, wenn sich's ausging. Duschen, kalt oder warm, die sauberen Handtücher aus der Wäscherei Hans Ohm, täglich, dann, nachdem die junge Angestellte ausgeblieben war, montags, mittwochs, freitags.

Die Handtücher waren in einem gelben Lieferwagen gekommen, der immer zu schnell fuhr, aber nie in Eile war. Das gab dem Leben Gleichförmigkeit und Halt. Vor dem großen Tor quietschten die Bremsen. Hans Ohm kurbelte das Fenster herunter und redete mit mir, bis er keine Lust mehr zum Reden hatte oder hinter ihm ein anderer Lieferwagen hupte. Er erzählte von Brustumfängen, Armumfängen, von amerikanischen Impresarios und den Karrieren ringender Bärenjäger beim Film, von Nakkenhebeln, Beinscheren, Armdurchzügen, Überstürzern, Hüftschwüngen, Schulterschwüngen, vom verbotenen Einölen, Umbrechen der Finger, Beinstellen, Armausdrehen, Aufschlagen des Kopfes, Nasenbrechen, Kratzen, Beißen, Stranguliergriff. Er schilderte das Keuchen und Schnaufen, das dumpfe Aufschlagen der fallenden Körper und das Klatschen der riesigen Handflächen auf Fleisch- und Muskelmassen. Manchmal sagte Hans Ohm Gedichte auf, an deren Wortlaut ich mich nicht erinnere. Ich erinnere mich lediglich, daß die Gedichte schön waren, vergleichbar mit dem Hüpfen des Wagens über den Schlaglöchern bis zur ersten Kurve, wo der Wagen verschwand, oder mit der Liste der Namen der Toten und Vermißten, die der Direktor in seiner Kabine psalmodierte.

Der Vortag des Tanzabends war gekommen. Der Direktor saß in seiner Kabine und schnitzte mit einem vom Wäschereibetreiber, Wettesser und Nasenzertrümmerer geliehenen Taschenmesser an einem Flaschenkork, bis der Kork in den tropfenden Wasserhahn paßte. Tibor Uxa, Josef Vávra, Armas Vichtonen, Heinrich Weber, Hatschi Weinura, Eugen Wiesberger, Kurt Zehe. Nach zwei Stunden flog der Kork mit einem lauten Knall wieder aus dem Hahn, schnellte gegen das Waschbecken, von dort gegen den Spiegel, vom Spiegel zur Decke, von dort zum Fußboden, wo wenig später auch Scherben des Spiegels eintrafen. Am Gang sagte eine Frau, jetzt habe der nächste die Konsequenz aus seinem Leben gezogen. Der Direktor schleuderte den Untersuchungsbericht auf sein Bett, riß die Tür auf und beschimpfte die Frau am Gang als Hure. Er wandte sich für einen kurzen Moment zurück in die Kabine, dann flüchtete er vor dem Plitschen, das wieder eingesetzt hatte, an Deck.

An Deck sagte Frau Doktor Grüneisen, ich solle mit den Kindern spielen. »Husch, na los!« Aber ich wollte nicht mit den Kindern spielen. Nein. Ich wollte in der Nähe des Direktors bleiben und zuhören, etwas lernen. Für Kinder habe ich nichts übrig. Gummihüpfen. Mit Plastilin Fleischer spielen. Aber man kann es sich nicht immer aussuchen. Denn Frau Doktor Grüneisen, die mir immerhin zwei Tage zuvor Schuhe geschenkt hatte, weil ein Riemen an meinen Sandalen gerissen war, bestand darauf, daß ich mit den Kindern spiele. Ich, wiederum, bestand darauf, verstecken zu spielen. Verstecken spielen hatte den Vorteil, daß ich mich unter dem Stuhl des Direktors verstecken konnte, denn ich wollte Neuigkeiten über den bevorstehenden Tanzabend erfahren, zu dem der Direktor widerwillig zugesagt hatte. Aber ich wurde gefunden. Ich versteckte mich neuerlich unter dem Stuhl des Direktors und wurde wieder gefunden. Also bediente ich mich meiner Klugheit und wurde nicht mehr gefunden.

Bald waren die Kleider der Suchenden mit Rostflecken übersät. Die Kinder schauten in Winkel, in die sie schon wiederholt geschaut hatten oder wo keine Ratte Platz gefunden hätte. Sie riefen mich noch nach Stunden, als ich längst hoffte, daß sie mich fänden, in der Dunkelheit, ich zweifelte bereits, daß sie mich finden würden. Die Stimmen wurden tiefer, rauchiger. Frau Doktor Grüneisen: »Was bist du für ein elendsdummer Mensch!« Frau Berber: »Kleiner, mein Liebling, es ist doch nur ein Spiel!« Der Direktor, bevor er schlafen ging: »Triumph der Narrheit, der Verstocktheit, du kleiner Idiot!« Und am nächsten Tag: Dasselbe, in größeren, immer größer werdenden Abständen, immer weniger laut, weniger liebevoll. Sie riefen meinen Namen anstatt mich zu suchen, und ganz allmählich wurde mir die Bitterkeit meiner Situation bewußt, daß ich drauf und dran war, die Gelegenheit, das Tanzen zu erlernen, auch an diesem Abend zu versäumen. Die Stunden wurden lang, die Sonne unerträglich. Mir schwindelte, mir war so, ahhhhhhhhhhhh-was-ist-nur-passiert?-nennt-man-sowas-Freunde?-warum-sucht-niemand-nach-mir?-warum-werde-ich-nicht-gefunden?

EIN ARBEITER

Ein Arbeiter mit einer Stirnlampe geht durch einen Stollen. Die Stirnlampe bohrt Lichtkegel ins Dunkel. Wasserplitschen hallt aus nicht bestimmbarer Entfernung. Der Arbeiter glaubt, schon sehr lange gegangen zu sein, lange wie schon seit Jahren nicht mehr. Er muß sehr weit und tief unter den Hügeln sein. Man hört auch keine Arbeit, nur das Wasserplitschen aus Nachbarstollen, überdeutlich, als arbeite das Plitschen am Schicksal der Welt. Kalt und feucht streicht säuerliche Luft aus wechselnden Richtungen und läßt den Arbeiter frösteln. Er schaut um sich. Wo Schwitzwasser vom Licht der Stirnlampe erfaßt wird, glänzen die Wände wie Bergarbeiterarme am Ende der Schicht. Die Stützbalken da und dort sind von rotem Schimmel bezogen. Der Arbeiter geht gleichmäßig rasch. Die Stabilität der angeschimmelten Balken prüft er nur mit den Augen. Weiter. Er hört das Rattern eines Lorenzugs. Wenig später tritt er in ein elektrisch beleuchtetes Gewölbe, das als Maschinen- und Materiallager eingerichtet ist und von zwei Schienensträngen durchkreuzt wird.

Der Arbeiter ist froh, nicht länger auf die Stirnlampe angewiesen zu sein. Er setzt sich auf eine eisenbeschlagene Werkzeugkiste und horcht. Die Arbeitsgeräusche sind Einbildung. Das Wasserplitschen ist vervielfacht, ganz nah und beim nächsten Plitschen wieder fern, aus der Ferne lockend wie ein Signal. Das ist die Grube, denkt der Arbeiter. Es muß Jahre hersein, seit ich allein in der Grube war. Was mache ich hier? Warum sitze ich nicht auf der Vorveranda und lasse mir vom Zirpen der Zikaden die Schwielen von den Fußsohlen feilen? Und warum arbeitet niemand? Ist das Unglück schon passiert? Oder passiert es noch? Es kann noch nicht passiert sein. Alle Stollen sind intakt. Von allen Seiten zerrt die Zugluft an meiner Gesundheit. Ja, deswegen ist niemand in der Grube, weil das Unglück gleich passieren wird. Deshalb bin ich hierhergegangen, damit ich erlebe, wie das ist, wenn einem die Grube über dem Kopf zusammenstürzt, wenn der Stollen unmittelbar vor den Schuhspitzen das Maul schließt, wenn Staubwolken durch die Gänge flüchten und gleich dahinter Wasser einbricht und den Boden in einen Schlammteppich verwandelt, so daß ein Vorwärtskommen nicht mehr möglich ist.

Der Arbeiter springt auf. Er möchte an den Tag, nichts wie hinaus, unter den Förderanlagen durchs Gras rennen und mit einer Eisenstange gegen die rostigen Bagger schlagen, damit sie nicht länger untätig herumstehen. Doch ihm fällt ein, daß er nicht weiß, wo er sich befindet. Beim Hergehen hat er zu wenig auf den Weg geachtet. Welche Halle ist das? C? D? E? Er kennt alle Pläne des Bergwerks. Und genau besehen: Es gibt viele solcher Hallen. Entweder er versucht auf gut Glück einen Ausweg zu finden, oder es ist sein Ende. Ihn packt eine unsägliche Angst. Er hat Herzklopfen in den Gehörgängen. Lorenzüge rattern durch seine Adern. Er dreht sich im Kreis. Er kann sich nicht mehr erinnern, durch welchen Stollen er in das Gewölbe getreten ist. Die elektrische Deckenbeleuchtung folgt seinem Kreisen. Die Lichter fliegen um ihn herum. Oder fliegen die Stolleneingänge um ihn herum, ein Glücksrad, das ihm die Knochen bricht, wenn er sich hineinstürzt?

Das Brüllen eines jähen Unheils macht dem Kreisen ein Ende. Von der Wucht einer gewaltigen Erschütterung wird der Arbeiter in die Höhe geschleudert, er fällt auf eine zur Reparatur umgedrehte Lore, daß seine Rippen knakken. Eine zweite, gegenstößige Erschütterung wirft ihn zu Boden. Dumpfe Schläge und Risse, als würde Fels zerfetzt, lassen die Lichter vibrieren. Ein lautes Grollen löscht die Lichter aus. Poltern, Dröhnen, Prasseln und wieder Erschütterungen, so heftig, daß sie vom Lärm nicht zu unterscheiden sind. Ein Strudeln packt den Arbeiter. Er verliert jedes Gefühl für sich und seine Situation, und als ihn das Strudeln losläßt, ihn in eine grobkörnige Stille wirft, bekommt er keine Luft mehr. Ein erdrückendes Gewicht lastet auf seinem Körper. Der Arbeiter versucht zu schreien. Vergeblich. Die Angst preßt alles Blut aus seinem Herz. Er kann nicht schreien. Er hört nur das Plitschen. – – Plitsch – – plitsch – – – – – – – plitsch.

Wie drei Punkte, die alles sagen, sagen, daß man jemanden …

Ich klettere die Leiter hinunter und stehe vor dem Streckenhaus. Das Streckenhaus ist ein halbverfallener Schuppen an der Bahnlinie zwischen Bergwerk und Hafen. Der Mond schärft die Kanten der zerbrochenen Dachziegel, die unter meinen Füßen klirren. Wenn es nötig ist, ohrfeigt mich der Mond mit seinem Licht, damit ich wach werde. Ich trage eine Blechdose bei mir. Sie hat einen Bügelverschluß. In der Dose flirrt und knistert es, aber weil die Dose geschlossen ist, höre ich es nicht, weil das Flirren und Knistern zu leise ist. Seit Tagen habe ich Flügel gesammelt, haarfeine Flügel von Insekten. Ich bin am großen Tor gestanden und habe den Arbeitern Fliegen von den Rockschößen gefangen. Ich habe Libellen angespuckt, damit sie nicht fliehen konnten, ebenso bin ich mit den Hummeln verfahren, aber die Flügel der Hummeln sind klein und unergiebig. Trotzdem ist die Dose halb voll geworden. Ich gehe zu den Eidechsen, die unter Steinen und Büschen schlafen. Ich mache mir die Abwesenheit der Sonne zunutze und überrasche die Eidechsen im Schlaf. Sie werden nicht davonlaufen oder ich werde schneller sein. Dann werde ich ihre gefältelten Kehlsäcke streicheln und ihnen meine Theorie erklären, und sie werden sagen, daß ich ein kluger Kopf bin. Frau Berber sagt, Artisten essen Katzen, um biegsame Knochen zu bekommen, ebenso wichtig ist der Verzehr von Insektenflügeln für die bedauernswerten Eidechsen unseres Dorfes. Wöchentlich bringe ich ihnen Flügel von Fliegen und Libellen, damit ihre eigenen Flügel, die ihnen die Kinder des Ehepaars Doktor Kornatz ausgerissen haben, nachwachsen. Die Kinder des Ehepaars Doktor Kornatz sind dünkelhaft, großsprecherisch und gemein. In den Sommerferien lassen sie keine Gelegenheit aus, mich mit der Prahlerei ihrer Schandtaten zu verhöhnen, zum Beispiel, daß sie mit den Flügeln der Eidechsen Karten spielen. Doch dank meiner Fürsorge werden die Eidechsen eines Tages wieder fliegen können. Dann werden sie sich in den leeren Himmel erheben, über das Meer, über große und kleine Städte, über Wälder und Wüsten und der jungen Angestellten, von der ich nicht weiß, wo sie sich aufhält, eine Nachricht von mir überbringen. Mit Hilfe der Eidechsen und deren Flügel wird die junge Angestellte erfahren, daß ich sie liebe. Bis dahin werde ich ein Mann mit starken Armen geworden sein, ein Tennisspieler und Tänzer und Nasenzertrümmerer.

SPRENGMEISTER BINDER

Die immens glücklich verbrachte Kindheit spielt für meine Zufriedenheit mit Sicherheit die Hauptrolle. Das kann nur jemand verstehen, der selber auf der Schwimmschule, der Bieneninsel und im Kraftsportverein zu Hause war. Hinzu kommt als zweites Kriterium meine krankhafte Hypotonie und Bradykardie. Von diesem Leiden muß ich schon als Kind befallen gewesen sein, wodurch mich weder privat noch in der Schule je etwas erschüttern konnte. Ich war ein Phlegma und machte mir aus nichts etwas. Das erlaubte mir, das Leben in vollen Zügen zu genießen. Beim Militär und in meinem späteren Zivilberuf als Sprengmeister setzte ich diesen Weg fort. Leute, die einwandfrei besser waren als ich, nicht nur an Strebertum, da sowieso, sondern auch an Verstand und Können, versagten, weil sie in entscheidenden Momenten Nerven zeigten, während ich meine Aufregung komödieren mußte. Ich genoß, vielfach geheim, ein Leben, das andere nicht zuwege bringen, da sie von Ehrgeiz und Vorzeigelust geplagt sind, womit sich jede Lebenskunst aufhört. Heute muß ich einräumen, daß mir mein jahrzehntelanges Wohlbefinden allmählich zur Bedrohung wird, nicht nur durch den herabgesetzten Tonus, sondern auch durch mein beträchtliches Übergewicht. Lange Zeit ermöglichte mir meine Konstitution größtes Behagen und eine Diesseitskultur ohne jegliche Hektik. Aber die sportliche Betätigung an den Gewichten ist zu anstrengend geworden, und die fehlende Bewegung drückt aufs Herz. Im Falle einer Erkrankung und Operationsnarkose kann es zu Komplikationen kommen, weshalb ich unbedingt auf mich achten muß. Seit einiger Zeit lebe ich Diät. Ausgerechnet ich, der Sieger des Wettessens anläßlich der 100-Jahr-Feier des Kraftsportvereins. Ich erinnere mich genau an die Speisenfolge. Als erstes hatte jeder einen vollständig gekochten Schweinsschädel zu bewältigen. Anschließend wurde ein Schinken von zwölf Kilogramm aufgetragen, dazu drei Kilogramm Krakauer Wurst, anderthalb Kilogramm Käse, sechzig Brötchen. Am Ende drei Kilogramm Trauben und drei Kilogramm Äpfel. Zum Spülen standen neun Liter Wein und achtzehn Liter Bier zur Verfügung. Als erster gab Hans Ohm auf. Ich weiß, daß er fürchterlich gekotzt hat, ehe er sich auf einen Spaziergang zum Hafen und zurück machte, um sich einigermaßen zu erholen. Dann mußte Iwan Glawin meine Überlegenheit anerkennen. Er ist an Ort und Stelle eingeschlafen, und zu Hause lag er drei weitere Tage im Bett. Ich allein, Sprengmeister Binder, hielt durch und bekam den Preis, eine goldene Uhr. Sie ging vor Jahren verloren, ich glaube, weil das

Armband zu kurz war. Aber es gibt Fotos von der Feier, auf denen man mich mit Siegerschärpe und mit meiner Frau tanzen sieht. Ich höre meine Frau noch heute sagen, daß sie mich liebe. Sie schmiegte sich an mich und wollte nicht aufhören zu tanzen, wir tanzten bis tief in die Nacht. Im Bett fand ich dann gar keinen Schlaf. Ich weckte meine Frau und wiederholte ihr den dramatischen Verlauf des Wettkampfs anhand der Speisenfolge. Ein vollständig gekochter Schweinsschädel, ein zwölf Kilogramm schwerer Schinken, drei Kilogramm Krakauer Wurst, anderthalb Kilogramm Käse, sechzig Brötchen. Wortlos ging sie aufs Klo. Als sie zurückkam, war alles verändert. Ich glaube, der Tag des Wettessens war der letzte glückliche Tag mit ihr. Was dann passierte, ist mir unerklärlich. Sie sagte nie wieder, daß sie mich liebe. Ständig frage ich mich, warum. Was ist passiert? Ich würde es gerne wissen und weiß es nicht.

PORTIERFRAU BERBER

Ihr täglicher Auftritt. Mit der Gewandtheit ihres Mundes interpretiert die Kunstpfeiferin Berber die Ereignisse eines Schattentheaters, bei dem eine Liebesgeschichte von schlechtem Ausgang bedroht ist. Ein Lichtspot schmiegt sich um die Kontur der Künstlerin. Außer diesem Spot, der ein schwaches Licht ins Parkett wirft, ist es stockdunkel im Saal. Selbst die Kerzen auf den Tischen wurden gelöscht, nachdem die Kunstpfeiferin die Bühne betreten hatte. Das Zischen, als die Flammen zwischen speichelfeuchten Fingern ertranken, mahnte eine geradezu unheimliche Stille ein.

Für die Dauer der Darbietung ist das Publikum das Fallen einer Nadel. Die Nadel fällt, im Trudeln kristallener Sechzehnteltöne, zwischen synkopischen Zusammenstößen, mit denen die Kunstpfeiferin die Hindernisse, die den Liebenden entgegenstehen, zum Klingen bringt. Das Trudeln fängt sich, entkommt in eine zungenbrecherische Folge sich wiederholender Triller, in deren Mitte ein angehaltener Ton das Atemholen auf der Flucht ist. Verzierungen der Angst. Dann lotet die Künstlerin die Höhen aus, erzeugt Tonreihen von ungeahnter Transparenz, Schwingungen, die sich aufbauen und verdichten, daß Hände im Publikum Knöpfe abdrehen und Ringe verbiegen.

Die Liebenden entkommen. Indem sie einander in die Arme sinken, indem die Kunstpfeiferin das Glück auf der Leinwand mit immer weiter aufsteigenden Arabesken erhöht und dieses Glück mit dem letzten, fast leichtfertig kurzen Ton besiegelt, schlägt die Nadel auf: Ein unvorstellbares Getöse. Das Publikum ist außer sich. Ein Vibrieren steigt von den Bühnenbrettern in die Waden der Kunstpfeiferin und oszilliert durch ihre Knie, in ihre Schenkel, in ihren Unterleib, wo sich die Ströme zu einem großen Glücksgefühl vereinen. Mit jedem Mal, wenn die Kunstpfeiferin auf die Bühne zurückkehrt und sich so tief verneigt wie ihr dicker Bauch es zuläßt, läuft neuerlich ein Rasen durch den Saal, daß der Besitzer des Etablissements um den Stuck fürchten muß, der schon mehrmals in großen Brocken von der Decke gefallen ist und nur zufällig niemanden erschlagen hat. Aber die Kunstpfeiferin lächelt. Der Applaus und die Raserei sind untrennbar verbunden mit dem erregenden Zittern ihrer Fettwülste. Halb unsinnig vor Glück sammelt sie Blumen auf, bückt sich nach einzelnen Blüten, die ihren Körper zuvor umtanzten.

Sie bückt sich nach einem Schmucketui (der wievielten schnabeloffenen Nachtigall?) und fühlt sich auch zärtlich berührt, als im selben Moment ein anderes Schmucketui ihren Hintern trifft. Falscher Glitter staubt von ihrem Paillettenkleid. Blumen verfangen sich von selbst in ihrem Haar. Kunstvoll geworfene Hüte drehen sich in Schleifen über der Bühne und kehren, nachdem sie dem Schweiß auf dem Brustansatz der Künstlerin Luft zugefächelt haben, in die Hände der Werfer zurück. Die Kunstpfeiferin hat Tränen in den Augen. Sie bückt sich nach einem blühenden Pflaumenzweig. Doch eine Bonbonniere trifft sie in dem Moment im Gesicht, als die Hand den Pflaumenzweig erreicht.

Vor Schreck fällt die Kunstpfeiferin auf den Hintern. Sie preßt die Hand auf den Mund wie jemand, der das Lachen oder Erbrochenes zurückhalten will. Ihre Augen starren in den halbfinsteren Tumult. Weiterhin kreisen Hüte über der Bühne, über der hockenden Kunstpfeiferin Berber.

Der Direktor des Varietés eilt herbei. Die Artisten eilen herbei. Die Techniker eilen herbei. Sogar die Bergziegen der nachfolgenden Nummer stecken neugierig ihre Köpfe zwischen rasierte Tänzerinnenbeine und lecken den Achselschweiß der Kunstpfeiferin. Diese wird nach kurzer Beratung in ihre Garderobe getragen, wo nach weniger als fünf Minuten auch der Notarzt eintrifft. Der Notarzt schaut und zuckt die Schultern. Denn die Vorderzähne der Kunstpfeiferin sind nicht zu halten, sie braucht Stiftzähne.

Aber möglichst schnell, sagt der Varietédirektor.

Denn jeder Tag, an dem die Kunstpfeiferin bei der Vorstellung fehlt, bedeutet enormen Verlust. Doch die Hast, die aus Rücksicht auf diesen Verlust unternommen wird, ist ein weiteres Unglück. Der Zahnersatz stimmt nicht exakt auf den natürlichen Biß, und schon nach wenigen Tagen beginnt die Kunstpfeiferin unter chronischem Kopfschmerz zu leiden. Die ohnehin halbherzigen Auftritte im Varieté müssen entschuldigt und schließlich, als beide Kiefer der Künstlerin vereitern, erneut vom Programm gesetzt werden, damit sich berühmte Spezialisten mit dem Fall befassen können. Sie verabreichen große Dosen Antibiotika. Trotzdem lebt die Eiterung immer wieder auf, bis als letzter Ausweg sämtliche Zähne gezogen werden müssen, die Tasten und Saiten, die Register und Schlaginstrumente der gefeierten Kunstpfeiferin Berber.

Die Eiterung klingt ab. Der chronische Kopfschmerz verschwindet. An seine Stelle treten heftige Depressionen. Als man der Kunstpfeiferin die Prothesen einsetzen will, erleidet sie einen totalen Zusammenbruch. Zwei Monate stationärer Behandlung sind nötig, um in die Künstlerin zu dringen, daß sie die Prothesen als Teil ihres Lebens akzeptiert. In Zukunft muß sie auf dritten Zähnen pfeifen.

Doch wo noch vor kurzem eine Lücke von größter Virtuosität war, stößt die in ihrem Mund herumgeworfene Luft mit einmal auf Widerstand. Die Wangen stehen nicht mehr dort, wo sie früher standen, manchmal bleiben die Lippen an den Vorderzähnen hängen. Was noch vor einem halben Jahr traumwandlerisch glückte, mißlingt jetzt ohne Zweifel. Trotz eines leichten, um alle Schwierigkeiten gekürzten Programms, mit dem man der Künstlerin den Wiedereinstieg erleichtern will, enden ihre neuerlichen Auftritte mit Buhrufen, Gegröle und auf der Bühne zersplitternden Gläsern. Am dritten Abend, während sich die Künstlerin so tief verbeugt wie nie zuvor, weil sie mit den Zähnen ein Gutteil ihres Bauchs verloren hat, blasen mehrere Besucher in Pfeifen, an denen sich Papierschlangen auf- und einrollen. Aber mehr als drei-, viermal verbeugt sich die Kunstpfeiferin an diesem Abend ohnehin nicht, denn das Publikum ist froh, als sie Anstalten macht, die Bühne zu verlassen: Her mit den Bergziegen, na los!

Die Kunstpfeiferin kehrt ins Hotel zurück. Dort beschließt sie, ihr Leben zu beenden. Statt der Bonbonnieren, die diesmal ausgeblieben sind, ißt sie sämtliche Tabletten und Pulver, die sie wegen ihrer Depressionen verordnet bekommen hat, schluckt alles, was sich in Wasser auflösen oder damit hinunterspülen läßt, am Ende auch das Reinigungspulver für ihre dritten Zähne. Doch sowie sie das Pulver vertilgt hat, schäumt es in ihrem Magen auf, ihr Bauch bläht sich in die alte Dimension, die Falten glätten sich, Schaumblasen steigen in die Luftröhre, daß die Kunstpfeiferin froh ist, sich mehrmals erbrechen zu können. Die dritten Zähne fliegen von der Wucht der Würgeanfälle ins Waschbecken, schwimmen dort zwischen Halbverdautem, zwischen Tabletten und Kapseln und verschwinden schließlich im knisternden Schaum des Reinigungspulvers, von dem das Waschbecken gleich überfließen muß, raus aus dem Fenster, runter auf die Straße, über das Land, über das Meer, über die ganze Welt, bis nur mehr kleine Inseln aus dem Schaum herausragen.

Wenn ich den Mut aufgebracht hätte, mich von Gottlieb zu trennen, hätte ich bleiben können. Aber wie hätten es die Kinder aufgenommen? Was wäre besser? Ohne Vater oder die Erinnerung an eine Kindheit mit keifenden Eltern und einem Vater, der mindestens dreimal in der Woche so blau ist, daß er sich selbst nicht mehr kennt und den Kindern Schnaps zu trinken gibt? Den Kindern wird nicht einmal mehr schlecht davon. Auch seinen Ton treffen sie schon ganz gut. Ich wünschte, daß ein Wunder geschieht und Gottlieb mit dem Saufen aufhört. Von sich aus schafft er es nicht. Dafür ist es zu spät. Es nutzen keine stundenlangen Debatten. Willensschwäche kann man nicht heilen, und wenn der Alkohol allen Platz einnimmt, kann der Verstand dem Willen nicht helfen. Mein Pech ist, daß ich an Wunder glaube, deshalb bin ich auf diesem Schiff und deshalb verzweifle ich nicht, wenn es auch schwerfällt. Ich muß Gottlieb nur ansehen und spüre den Stachel im Rücken. Ein vom Alkohol gezeichneter Mann. Wie soll man das bewältigen? Jede Nacht liege ich wach, die Gedanken rollen im Kopf trotz Schlaftabletten und Ohropax, und das einzige Motto ist: Morgen muß ich wieder die Familie zusammenhalten. Selbst in der Enge der Kabine, in der die Luft zum Atmen fehlt, muß ich mich strecken, um diese hilflosen Kreaturen nicht aus den Händen zu verlieren. Da bleibt keine Kraft, etwas zu ändern, da bleibt nicht einmal die Kraft zu Gedankensprüngen, zumal das Terrain zum Springen gefährlich ist. Ein Passagier hat sich bereits ins Meer gestürzt. Ich bin zufrieden, wenn Gottlieb das Quantum trifft, das es ihm erlaubt, für eine halbe Stunde der zu sein, der er war, bevor er mit dem Trinken angefangen hat. Alles andere ist zu viel verlangt.

Ich betrachte ihn. Lachend unterhält er sich mit dem Wäschereibetreiber, während die Kinder in seinen Jacken- und Hosentaschen nach einem Taschentuch suchen, um sich eine Krawatte zu binden. Sie finden eins und kommen freudestrahlend zu mir gelaufen, so daß man sich beinahe einbilden könnte, daß wir eine Familie sind. Wenn ich nicht so nervös wäre, würde ich diesen Moment vielleicht genießen, denn genau besehen sticht Gottlieb die anderen Männer an Eleganz und Ausstrahlung trotz allem aus. Ich bin fast ein wenig stolz auf ihn und wünschte mir, eine dieser Passagen auswendig hersagen zu können, die über das Meer geschrieben sind, so in der Richtung mit Blau und dem Licht darauf und der freimachenden Weite, die es früher gab, als die Welt noch groß war.

Wir stoßen an. Worauf, weiß keiner. Der Akkordeonist legt los. Für Gottlieb ist die Musik das Tablett, auf dem er seinen Rausch serviert bekommt. Er trinkt schon sein zweites Glas. Doch mit erstaunlicher Leichtigkeit gelingt es mir, ihn zu überreden, mit mir zu tanzen. Er ist großzügig in seinen Bewegungen, spielerisch wie nur einer, der seine Frau am Vortag geschlagen hat. In der Geläufigkeit, mit der er mich über den klingenden Boden zirkelt, findet er ständig versteckte Gelegenheiten, mich an den Stellen zu berühren, wo ich es mag. Ich lache voller Übermut und falle ihm um den Hals. Er faßt und schwingt mich, daß meine Beine fliegen. Die Nacht fällt wie eine Jalousie herunter, und wir tanzen lange, allein, in der wunderbaren Verdoppelung des Wiegens unserer Körper und des Meeres.

Hinterher schwitzt Gottlieb. Seine Sünden in der Lebensführung machen sich mit einem säuerlichen Geruch bemerkbar. Ich lehne gelöst an seiner Schulter. Da kommt das gestrige Quantum zutage, denke ich und gebe ihm einen Kuß auf die Wange. Er reagiert nicht darauf. Er weiß, daß es ihm gerade gelungen ist, der zu sein, der er seit Jahren nicht mehr war. Er hat mich für diesen flüchtigen Moment zurückgewonnen und stürzt ein Glas hinunter mit einer Gier, als ob er nicht genug kriegen könne. Aber anschließend stellt er das Glas wieder weg und tut mir den Gefallen, mit der Portierfrau zu tanzen, die in diesen Abend so große Erwartungen setzt. Gottlieb lacht und macht einen schmutzigen Witz über den großen Hintern der Portierfrau. Er stülpt sein Herz um, und ich höre ihn sagen, verehrte Künstlerin, wir wollen uns eine Weile aneinander halten.

Unterdessen ziehe ich Hans Ohm in ein Gespräch. Er hat bisher ausschließlich mit dem Kindermädchen getanzt, und die Absicht, sich die Überfahrt mit einem Abenteuer zu verkürzen, tropft ihm von allen Fingerspitzen. Er fragt, ob ich morgen an Land gehen werde. Ich bin mir nicht sicher. Er selber beabsichtige, einen Wagen zu mieten, um der heiligen Sache, der Suche nach dem Würzbitter, zu dienen, indem er etwaige Strandhotels abfahre. Für die Kinder, so sagt er, eine gute Gelegenheit, der Eintönigkeit des Schiffs für ein paar Stunden zu entkommen.

Ich bin überrascht, daß Hans Ohm die Kinder in Kauf nehmen will, um den morgigen Tag mit dem Kindermädchen verbringen zu können. Das macht ihn beinahe sympathisch. Aber bei einem Mann seiner Fasson befürchte ich, daß das am Ende auch keine seriöse Angelegenheit ist, weshalb ich ihn auf Gottlieb verweise. Aber noch während ich das tue, bereue ich es, denn Gottlieb sagt zu allem ja, weil ihn diese Dinge nicht interessieren. Ich könnte mich ohrfeigen. Es ist alles so schwer zu entscheiden. Sogar, ob es klug ist, überhaupt von Bord zu gehen. Am besten, die Laufbrücke würde gar nicht gelegt, man säße an Deck und würde Gespräche führen, von denen außer einem Summen in den Lippen nichts bleibt. Vielleicht wäre das zuvorderst für den Direktor das beste, nicht zurückzuschauen, sich nicht aufzuhalten und ein neues Leben ausfindig zu machen anstatt dieses abscheuliche Getränk.

Der Direktor lehnt allein an der Reling. Ich sage ihm, daß meine Zigarettenmarke in der Kantine nicht geführt wird und daß ich auf eine andere Marke umgestiegen bin. So einfach geht das. Er möge mir den Gefallen tun und die nächsten zwei Runden mit dem Kindermädchen tanzen, wenigstens um Hans Ohm einzubremsen. Und für morgen schlüge ich vor, an Bord zu bleiben, das werde für alle das beste sein.

Der Direktor schaut mich ausdruckslos an und schüttet sich den Rest seines Drinks vor die Füße. Er redet mit dem Akkordeonspieler, dann faßt er das Kindermädchen um die Hüfte, und der Akkordeonspieler spielt den Schneewalzer und Variationen davon. Gottlieb säuft inzwischen aus der Flasche, und als ich ihn zurückhalten will, beschimpft er mich ohne Rücksicht auf die Umstehenden. Manchmal, wenn er getrunken hat, scheint er mir nicht mehr normal. Er ergeht sich in Haßorgien, und ich schäme mich so sehr, daß ich die Tränen nicht zurückhalten kann. Gottlieb packt mich. Ich schlage ihn mit den Fäusten. Ich weiß nicht wie lange. Er lacht. Und erst nach einiger Zeit merke ich, daß er mit mir tanzt.

Ich bin überrascht und beschließe, für heute nicht mehr

vom Trinken zu reden. Statt dessen schlinge ich mich um seinen Hals und male mir aus, was wir in den letzten Jahren alles versäumt haben. Wie viel an Zärtlichkeit. Morgen gehen wir an Land, und wenn wir das Angebot des Wäschereibetreibers annehmen, haben wir vierundzwanzig Stunden Zeit, um nach Herzenslust verliebt zu sein. Ich würde es mir wünschen.

Aber Gottlieb füllt sein Glas in derart kurzen Abständen neu auf, daß ich mir Hoffnungen mache, wo nichts zu hoffen ist. Den morgigen Tag wird er zwischen Bett und Klo verbringen. Mir kommt schon wieder der Zorn hoch. Aber ich will mir nicht auch diese Nacht vergiften, will nicht, will nicht, nein. Soll sich Gottlieb meinetwegen besaufen. Vielleicht hat er es sich heute verdient, vielleicht bleibe ich morgen ebenfalls im Bett, wer weiß.

Jetzt bringe ich die Kinder nach unten, und in einer Stunde wird auch Gottlieb keinen Widerstand mehr leisten. Ich werde jemanden bitten, mir zu helfen. Und wenn er dann neben mir liegt, egal in welchem Zustand, egal wie er riecht, ganz egal was er sagt, sage ich ihm –. Ich weiß nicht, ich weiß nicht, am Ende würde ich mir noch selber glauben.

Wo-bin-ich?-ahhhh-der-Schneewalzer-Schnee-ist-frisch-gefallen-nein-nein-ahhhhh-wie-ist-mir?-haben-sie-mich-endlich-gefunden?

Die Akkordeonmusik füllte langsam meinen Schlaf, schwappte über, und ich erwachte. Die Sterne standen ruhig und schauten über meine Schultern auf das Deck, auf dem sieben Paare tanzten. Ich lag bäuchlings auf dem Dach der Schiffskanzel, hielt den Kopf über den Rand, und meine Tränen tropften auf eine Kiste mit Rettungsmitteln. Plitsch ... plitsch ... plitsch ... Ich haßte meine Klugheit, diese unerschöpfliche Quelle des Ärgers, die mich in den Augen der anderen als geistig Zurückgebliebenen entlarvte. Sie hatte mir eine Falle gestellt mit dem Versteck, in dem ich nicht gefunden wurde und von dem aus ich zuschauen mußte, wie die andern tanzten. Ich fühlte mich betrogen. Ringsum bereitete das träge Meer dem Schiff eine Fläche zum Befahren. Das Schiff schraubte sich einem Hafen entgegen, den es am nächsten Tag erreichen würde. Die Tanzenden drehten sich derweil und lachten. Ich hingegen stand still wie die mit Schicksalen belasteten Sterne, von denen einer das Schicksal der jungen Angestellten war, mit der ich irgendwann (was ist irgendwann) tanzen wollte. Das Tanzen aber, das begriff ich, würde ich nie erlernen, meine Bestimmung und mein Glück standen sich entgegen. Um das zu wissen, brauchte ich nur an die versäumten Gelegenheiten zu denken: Arbeiter hatten geheiratet, der Akkordeonspieler hatte gespielt. Nach fünfundzwanzig Jahren hatte er erneut gespielt. Die Arbeiter waren in den Ruhestand getreten, Enkel waren geboren, Geburtstage, Eröffnungen, Gründungen, Jahrestage gefeiert worden. Frauen waren Turnern in die Arme gefallen, Münzen in meine Kappe, Röcke waren geflogen, Sonntage verstrichen. MontagMittwochFreitag. Zwei Zigaretten am Tor. Intimitäten am Teich. Die Grube war eingestürzt. Ich war auf die Stoßstange eines Geländewagens gesprungen, hatte ein Schiff bestiegen und beträchtliche Teile eines beträchtlichen Meeres durchquert. Ich hatte Wassertropfen mit den Händen aufgefangen, hatte mich versteckt und war nicht gefunden worden. Ohne Partnerin übte ich jetzt nutzlose Schritte auf dem blechernen Dach der Schiffskanzel, den Wind umarmend, allein, während alle andern Paare waren. Sogar die Kinder des Ehepaars Doktor Grüneisen waren ein Paar. Und das Kindermädchen tanzte mit Hans Ohm, dem Wettesser und Armausrenker. Mit dem Kindermädchen hätte ich ebenfalls tanzen wollen. Ich hätte mit jeder tanzen wollen, sogar mit der Platzwärtertochter Zimek, wäre sie hier gewesen, oder mit einer ihrer Freundinnen vom Ruderverein, der Tochter des Lohnverrechners Doktor Steinbach oder der Tochter des Arbeiters Equatore, die wenige Tage vor dem Unglück mit ihrer Mutter in die Stadt gezogen war. Mit einem dieser Mädchen hätte ich das Tanzen erlernen wollen, um Jahre später ein Mann zu sein und meine Pläne zu verwirklichen. Statt dessen umarmte ich den Wind. Das war kein Umgang. Da bestand kein unerklärliches Verständnis, sich zu halten und freizugeben. Ich lernte nichts. Kein Anflug von Struktur. Ein dummes Klocken auf das Blechdach. Das Blech dellte sich, und hinter den Schuhen, die ich von Frau Doktor Grüneisen geschenkt bekommen hatte, schnellte das Blech wieder hoch. Klock, machte es. Darüber lag ein Iiiiiii. Ein vielfaches Klock mit einer noch zahlreicheren Abfolge aneinandergedrängter Iiiiiiis. Ein schreckliches Geräusch, unangenehm wie viele Geräusche und der Grund oder einer der Gründe, weshalb unvermittelt die Nebelhörner bliesen. Ich bin mir sicher, die Nebelhörner bliesen gegen mein nutzloses Tanzen an. Sie tönten dermaßen laut, daß ich zu Boden fiel. Die Nebelhörner bliesen dreimal Uuuuuuu! Während des dritten Uuuuus! erwischte ich den Draht des Blitzableiters und rutschte zurück auf das Deck. Das Deck war verlassen. Trostlosigkeit schlug gurgelnd gegen die Flanken des Schiffs, darüber zuckten die Sterne. Ein krummer Mond lag auf dem Rücken wie einmal auf dem grünen Schleim des Teichs ein Käfer. Was ist einmal? Wann? Die Beine des Monds schlugen in die Luft. Der Käfer ertrank. Am Ufer lauerten Eidechsen, Knospen am Rücken, Ergebnis meiner intensiven Fütterung. Ich selber lag, wie üblich, abseits in der alten Karre. Die Kohlen glühten. Die Feuchtigkeitsschwaden waren verzogen, die Wolkenschatten waren ins Meer geschleift. Der Tennisplatz trocknete. Ich wollte bleiben. Ich wollte jemandem etwas sagen. Einmal. Wann? Es war nicht möglich.

3 | Die Suche

Wer alles von den Passagieren das Schiff verlassen hat, habe ich nie erfahren. Manchen bin ich nochmals begegnet, über andere habe ich Auskünfte bekommen, die nicht sehr zuverlässig waren. Der Direktor behauptete nicht dasselbe wie Frau Doktor Grüneisen, und ich weiß, daß Frau Doktor Grüneisen und der Direktor zuweilen logen, anstatt die Wahrheit zu sagen. Am großen Tor wurde viel gelogen, das betraf die Arbeiter und Angestellten, wenn sie zu spät zur Arbeit kamen und Frau Berber einen Grund für die Verspätung in die Verspätungsliste eintragen mußte. Frau Doktor Grüneisen hingegen, die Dienstag und Freitag in der Ordination ihres Mannes half, log am Tennisplatz, der Direktor in seinem Büro am Telefon und im Gespräch mit dem Beamten, der den Auftrag hatte, das Unglück zu untersuchen.

Ich beschreibe den Beamten. Ich tue es widerwillig, mit Verspätung und möglichst kurz. Er war groß, jung, blond, in Anzug, Hemd und Krawatte. Der Direktor sagte, der Mann sei korrekt, er habe diverse Angebote, ein gütliches Einvernehmen herzustellen, abgelehnt, obwohl mit Durchgreifen niemandem zu helfen war. Mögliche Ergänzung: Er ist wie die Kinder des Ehepaars Doktor Kornatz. Die Kinder des Ehepaars Doktor Kornatz bilden sich ein, sie wären werweißwas. In der Schule lernen sie die Kürzel auswendig, die der Sekretär Ciceros verwendet hat, und rechnen mit Erfolg aus, wie viele Schüler die gestellte Aufgabe am Ende der Stunde nicht korrekt gelöst haben werden und sitzenbleiben müssen. Die Ferien verbringen sie zu Hause und haben an allem etwas auszusetzen. Sie kippen einen friedfertigen Menschen mitsamt seiner kaputten Schubkarre in den Teich und reißen sehr bedauernswerten Eidechsen die Flügel aus, ohne einen anderen Zweck damit zu verfolgen, als stolz darauf zu sein und sich damit zu brüsten. Der Beamte verhält sich sehr ähnlich. Er spielt sich auf wie ein ungarischer Graf (Ausdruck Arbeiter Moytka) und läßt die toten Arbeiter auf ein Teil eines alten Förderbands legen, von dem er behauptet, daß es nicht im Zechenhof deponiert sein dürfe, weil es die Rettungsarbeiten behindere. Augenblicke später veranlaßt er, daß den toten Arbeitern um der Ordnung halber die Stiefel ausgezogen und Zettel an die großen Zehen gebunden werden. Otto Huhtanen, Kara Achmed, Bruno Mosig, Jan Martinson, Armas Vichtonen, Albert Raago, Bela Barothy. Aber die Stiefel läßt er auf einen Haufen werfen, so daß in dem Haufen selbst die Ehefrauen nur rechts und links unterscheiden können. Wo der Untersuchungsbeamte von Ordnung redet, sehe ich nur Unordnung. Die einen müssen durch Zufall gehen, die anderen dürfen durch Zufall bleiben.

Ich wäre besser geblieben. Jedenfalls zu Hause, dort gab es Möglichkeiten. Dann war's schon mehr oder weniger egal. Die Fahrt mit dem Schiff empfand ich als meistens nicht unangenehm. Aber es gab keine SonntageMontage-Dienstage mehr. Sie fehlten. Deshalb war es mir recht, daß der Direktor die Gelegenheit, an Land zu gehen, nutzte, wenn mir auch später ausreichend Gründe begegneten, anders darüber zu denken.

Doch zunächst begann auch dieser Tag auf angenehme

Art: Mit dem Aufwachen fehlte das gleichmäßige Vibrieren und Summen, das sich während der letzten zwei Wochen vom Maschinenraum durch das Schiff fortgesetzt und bis in die Eingeweide gewühlt hatte, und machte durch seine Abwesenheit auf sich aufmerksam. Mein Magen bewegte sich vor Erregung, als ich hinter dem Akkordeonspieler und dem Direktor über die Fallreep schritt, und am Pier schaukelte mein Körper vom Herzschlag, als ob ich weiterhin auf See sei. In jedem Schritt spürte ich das Auf und Ab des Meeres. Meine Knochen waren aufgeweicht und biegsam, als hätte ich eine Katze gegessen. Sonne und Bläue versetzten mich in große Erwartung. Das Licht prikkelte im Gesicht. Ein schaler Geruch nach Öl und Fäkalien kräuselte sich über dem Hafenbecken und blieb hinter uns zurück, als wir eine breite Allee entlang zur Stadt gingen.

Ich mag Straßen. Deshalb beschreibe ich auch diese Straße. Sie war schnurgerade, asphaltiert, es gab keinerlei Steine. Links und rechts wuchsen Bäume, auch die Bäume waren gerade, dazu sauber gestutzt. Nirgendwo klaffte eine Lücke. Linkerhand lag ein Friedhof, die weißen Grabsteine mit dem Gesicht zum Meer. Auf halbem Weg kam uns ein wolkenfarbenes Auto entgegen, und als es vorbeifuhr, sah ich, daß es ein Leichenwagen war, der einen Anhänger mit einem kleinen Bagger hinter sich herzog.

Der Direktor sagte, wenn er den Bagger sehe, verliere er jede Lust am Sterben. Er wünsche sich, von Hand eingegraben zu werden, es gebe zu wenig Liebe auf der Welt. Er holte das Blatt, auf dem die Namen der Toten und Vermißten verzeichnet waren, aus der Innentasche seiner Jacke und las in sich hinein. In Gedanken las ich mit, im Takt zur Musik, zu der wir gingen. Isaak Binder, Georg Blemenschitz, Stanislaus Cyganiewicz, Thomas Cziruchin, Franz Dillinger, Franz Dostal, Nino Equatore, Peter Ferestanoff.

Ferestanoff hieß der Sieger der Knieumschwünge. Nachdem er gewonnen hatte, hatten seine Muskeln geglänzt, als wäre er gerade aus dem Bergwerk gekommen. Dann hatte er mit der jungen Angestellten, die nie zu spät gekommen war, getanzt. Ich hingegen hatte die Gelegenheit zu tanzen versäumt, diese und manche andere. Ich konnte mich nicht genug darüber ärgern. Ein kleiner Vogel flog uns voran, manchmal auf Grabsteinen, manchmal in Alleebäumen Station machend, dabei mehrmals die Straßenseite wechselnd. Gelegentlich trillerte er. Dann blieb er hinter uns zurück, ich glaube, als uns ein Sprengwagen mit einem Kreiselbesen überholte und in die Häuserzeile einfuhr, mit der die Stadt begann.

Ich beschreibe die Stadt. Eine mattweiße Stadt ohne Glitzern, obwohl der Himmel blau war. Sie hatte keinen Namen, jedenfalls behauptete das der Direktor, als ich ihn fragte. Aber ich hatte ihn im Verdacht, daß er sich lediglich nicht getraute, wie ich jemanden zu fragen, vielleicht aus Scham, so verallgemeinert zu sein, daß er nicht wußte, wo er war; kann auch sein, es war ihm egal. Andererseits, was hätte es genutzt, den Namen der Stadt zu wissen? Warum einen Ort feststellen, wenn die Zeit das einzige ist, was zählt? Die Zeit war wichtig. Vierundzwanzig Stunden. Bis in vierundzwanzig Stunden mußten wir zurück am Schiff sein. Vielleicht mußten wir schon früher zurück sein. Vielleicht hätten wir gar nicht gehen dürfen. Ich weiß es nicht. Ich weiß auch nicht, wer es weiß. Die Portierfrau, zum Beispiel, wußte es nicht, und sie machte sich auch keinen Kopf daraus. Zu sehr war sie mit dem Kantinenwirt beschäftigt, den sie vor einem Kleidergeschäft beim Probieren preisreduzierter Jacken beriet.

»Wie schneidig Sie sind! Wie fesch!« rief die Portierfrau und mußte lachen, was sich der Kantinenwirt energisch verbat. Die beiden waren ein seltsames Gespann (Ausdruck Frau Doktor Grüneisen). Der Kantinenwirt richtete das Kreuz gerade, um zwei Zentimeter größer zu sein und mehr Platz unter den Rippen zu schaffen, wohin er den Bauch einziehen konnte. Doch als Frau Berber versicherte, daß ihr Lachen als Zustimmung zu verstehen sei, kaufte der Kantinenwirt die Jacke sogleich, obwohl sie ihm zu klein war. Meine Phantasie schwoll an. Ich dachte, diesmal ist die Sache sicher, gleich wird er es ihr sagen –. Ich hätte es gerne gehört. Aber nein, ich mußte dem Direktor hinterher, der seinen Weg schon wieder fortgesetzt hatte. »Na dann! Also dann!« rief ich und winkte zurück. Die Portierfrau und der Kantinenwirt winkten ebenfalls. Und als ich schon einige Schritte weiter war, sah ich noch, daß der Kantinenwirt an seiner unförmigen Jacke mehrere Knöpfe schloß. Er freute sich, daß die Knöpfe hielten.

Im Davonlaufen gelang es mir, mich über diese nächste verpaßte Chance hinwegzutrösten, indem ich mir vor Augen rief, daß ich ebenfalls einmal (was ist einmal) eine Jacke besessen hatte, die zu eng war.

Frau Doktor Bianchi hatte sie mir geschenkt, blau mit viel Glanz wie aus Plastik. Keine Ahnung, wer die Jacke vor mir getragen hatte; bei Bianchis gab es keine Kinder. Ich zog die Jacke an, wenn ich etwas hermachen mußte, wie zur Feier des achten Geburtstags der jüngsten Tochter des Arbeiters Angelescu, zu der ich eingeladen worden war.

Die Arbeiter der Spätschicht hatten das große Tor passiert, die Arbeiter der Frühschicht hatten es in die andere

Richtung passiert, und so rannte ich zum Streckenhaus, um mich in Schale zu werfen (Ausdruck Arbeiter Quariani). Eine Viertelstunde später bog ich um die Ecke beim Brunnen und lief mit Zwischenschritten, Hüpfschritten die Straße hinunter, wo das Siedlungshaus der Angelescus in der Sonne gärte.

Ich beschreibe das Siedlungshaus und mit ihm alle Siedlungshäuser. Klein, zweistöckig, mit einem Fahrradständer neben der Tür und Vögeln aus Salzteig in den Fenstern. Die Fenster hatten Läden, die teils geöffnet, teils geschlossen waren, nur das Fenster unter dem Giebel war für einen Laden zu klein. Darunter gab es eine armlange Fahnenstange für besondere Anläße wie den Geburtstag von Töchtern, weshalb die Fahnenstange der Angelescus an diesem Tag beflaggt war.

»Vivat!« schrie ich von weitem, als ich die wehende Fahne erblickte. »Vivat!« (Ausdruck des Kraftsportvereins). Ich rannte an der Garage vorbei hinters Haus in den von einem Lattenzaun eingehegten Garten, wo Papierschlangen zwischen Wäscheleine und Veranda der Szenerie eine zusätzliche Feierlichkeit verliehen. »Vivat!« Die Kinder schauten malmend auf, fast nur Mädchen, schon ein wenig schlaff, die Sinne benommen von zu viel Kuchen und zu viel Sonne. Auch mir war in meiner Jacke zu heiß. Die Papierschlangen wippten in herabhängenden Locken. In deren Rascheln hielt ich auf die Jubilarin zu und gratulierte ihr mit beiden Händen. Sie nahm die Gratulation ernst entgegen, schmallippig wegen ihrer Drähte und Gummis im Mund, dieses Mädchen, das keine Schönheit war, aber fraglos seine Reize besaß. Sie fragte: »Hast du mir ein Geschenk mitgebracht?«

Ein Geschenk hatte ich ganz vergessen, tatsächlich, und

während mir die Röte ins Gesicht stieg, fuhr ich nervös den Reißverschluß meiner Jacke runter und rauf, um mir ein wenig Luft zu verschaffen. Ich hörte verhaltenes Kichern, dessen Ursache ich aber nicht bestimmen konnte, weil ich unentwegt in das Gesicht der jüngsten Angelescu-Tochter schaute. Wie so oft standen in ihren Mundwinkeln kleine Falten. Ich dachte, jetzt muß ich es ihr sagen. Aber im gleichen Moment kam mir ein Einfall, wie ich die Situation vielleicht retten konnte.

»Es dauert noch«, sagte ich.

Ich ging durch die Verandatür nach drinnen. In der Küche baute Frau Angelescu aus Brandteiggebäck und frischem Schlagrahm Schwäne. Ich bat sie um Papier und Farben, »Danke», und zog mich mit allem Nötigen ins Wohnzimmer zurück, wo es am ruhigsten war. Dort, zwischen zahlreichen gerahmten Fotos von Ringergrößen, an einem Tisch, in dessen Mitte eine Kristallschale mit gesammelten Zuckerbriefen stand, gewann in kürzester Zeit ein zweifach abgebildeter Mann Gestalt, der zu Ehren der Tochter der Angelescus mit bloßer Körperkraft eine Eisenstange bog und ein Pferd stemmte.

»Das bin ich!« sagte ich stolz, als die Tochter der Angelescus hinter mich trat. Die Zeichnung war praktisch fertig, sie schimmerte in kräftigen Tönen, weil ich die Stifte zwischendurch immer wieder abgeleckt hatte, damit das Papier die Farben besser annahm. Das Mädchen blickte über meine Schulter. Ich reichte ihr das Blatt, glücklich darüber, glänzen zu können, merkte aber gleich, daß die Tochter der Angelescus nichts Rechtes damit anzufangen wußte. Ohne danke zu sagen, behauptete sie, daß ich fürs Pferdestemmen zu klein sei.

Ich widersprach ihr: »Bin ich nicht.«

Sie beharrte darauf: »Bist du doch.«

»Und warum?«

»Weil ich es sage.«

Diese Argumentation beeindruckte mich nur in ihrer beispiellosen Fadenscheinigkeit (Ausdruck des Untersuchungsbeamten), also sagte ich, sie behaupte das nur aus eigener Schwäche oder Phantasielosigkeit.

Antwort: »Du bist ein Lügner, ein ganz ganz großer dreckiger Lügner!«

Ich schwieg eine Zeitlang. Ausgerechnet die jüngste Tochter der Angelescus, dachte ich. Wenn ein kräftiger Wind ging, steckte ihr die Mutter Steine in den Schulranzen, und erst wenige Tage zuvor hatte ich sie in der Telefonzelle gesehen, wie sie die Telefonbücher am Boden gestapelt hatte, um zu den Münzschlitzen hochzureichen. Aber das wollte sie natürlich nicht zugeben. Sie rannte polternd ins obere Stockwerk, um ihr bronzenes Turnabzeichen zu holen, das ihre Glaubwürdigkeit untermauern sollte. Ich gab mich interessiert, zeigte auch Anteilnahme an der Brücke, die sie machte, hatte in Wahrheit aber keine Lust, meine Aufmerksamkeit Dingen zuzuwenden, hinter denen ich bloße Ablenkungsmanöver vermutete. Sowie ich fand, das bronzene Abzeichen und die Biegsamkeit der jüngsten Angelescu-Tochter ausreichend gewürdigt zu haben, führte ich das Gespräch auf den ursprünglichen Gegenstand zurück und machte eine Reihe Einwände zu meinen Gunsten. Unter anderem behauptete ich, daß die Welt fürchterlich relativ und ungefähr sei (Ausdruck Direktor Backmark).

Die Tochter der Angelescus lachte, unfähig, meine Gedanken nachzuempfinden. Sie lachte so heftig, daß ich Angst bekam, die Drähte und Gummis in ihrem Mund könnten sirrend und schnalzend reißen. Aber es ging. Sie faßte sich wieder, betrachtete mich neuerlich mit vollkommen nüchterner Sachlichkeit, schob ihren Unterkiefer nach vorn und nickte mit rechtsgeneigtem Kopf. Sie behielt mich scharf im Auge. Ich stemmte die Fäuste in die Seiten. Aber da sagte sie schon, ich solle mit dem linken Arm über den Scheitel an mein rechtes Ohr langen; dies, wie sich hinterher zeigte, um festzustellen, ob ich in meiner Entwicklung ausreichend fortgeschritten sei, um Eisenstangen zu biegen und Pferde zu stemmen.

Ich sage es gleich: Das Ergebnis fiel enttäuschend aus. Die Jacke, die mir Frau Doktor Bianchi geschenkt hatte, saß so eng, daß es unmöglich war, den Arm weit genug zu heben, daß ich mein Ohr erreichte. Frau Doktor Bianchi hatte mir eingeschärft, daß es hübscher sei, die Jacke mit geschlossenem Reißverschluß zu tragen. Ich fand ebenfalls, so stand sie mir am besten. Fazit: Nach mehreren vergeblichen Versuchen und in Unkenntnis der bedeutungsschweren Situation behauptete ich, das Verlangte nicht leisten zu können, worauf die Tochter der Angelescus scheinheilig beide Handflächen vor ihrer Brust präsentierte und bedauerte, mein Geschenk nicht annehmen zu können. »Nicht möglich!« sagte ich. Aber sie: »Du hast den Test nicht bestanden. Jeder Volksschüler muß ihn bestehen, und basta.«

Die Tochter der Angelescus ging zurück zu ihren Gästen. Das war nun völlig indiskutabel, so viel war sicher (Ausdruck Frau Toduschek). Also schlich ich, leise weinend und auf Zehenspitzen, damit es niemand merkte, durch die vordere Tür hinaus auf die Straße und trottete zurück zum großen Tor. Wie stehe ich nun da, dachte ich, wie stehe ich nur da. Mir war ganz elend ums Herz. Ich hörte förmlich, wie die ganze Welt hinter meinem Rücken Witze riß und Lachsalven in alle Winkel pfefferte. Das Gelächter erklang so laut, daß ich nahe daran war, mir die Ohren zuzuhalten. Aber da rief mich von hinten Frau Angelescu an, ich solle auf sie warten. Sie holte mich auf ihrem Fahrrad ein, mehrmals klingelnd, ganz außer Atem. Ihre Augen leuchteten von der Anstrengung, und als sie vom Fahrrad stieg, ließ sie es einfach umfallen, so daß es krachend auf den Asphalt fiel.

»Wenn mir ein Mann so ein schönes Geschenk machen würde, würde ich mich nicht nur sehr freuen, sondern ihn gleich heiraten«, sagte sie.

Verwirrt und irritiert von den sich überstürzenden Ereignissen sagte ich: »Aber Sie können mich doch gar nicht heiraten, Frau Angelescu. Sie sind doch schon verheiratet!« Und noch immer ganz benommen von der Kränkung, die ich erfahren hatte, die Augen von Tränensalz umrandet, schüttelte ich fassungslos den Kopf und setzte meinen Weg zum großen Tor fort.

Erst Tage später kam mir zu Bewußtsein, daß das Kompliment, das mir die Frau des Arbeiters Angelescu gemacht hatte, eine Aufforderung gewesen wäre, mich mit ihr zu unterhalten: Auf der Straße zum großen Tor, von Lichtflecken und Blattschatten überwandert, von hupenden Lieferwägen umfahren, bis Frau Angelescu gesagt hätte, ja, was? Bis sie gesagt hätte, daß sie mich, ach ja, daß sie mich, daß sie mich ... Wie oft hat sie es zu anderen gesagt, am Teich, zwischen zwei Regalen im Laden, hinter dem Friedhof, wo die Weiden ihren Schatten in den Fluß warfen. Meine Güte, wie oft?

Aber zu spät. Zu spät. Es fällt nicht leicht, zugeben zu müssen, daß einen das Leben immer ein paar Tage zu langsam klüger gemacht hat. So auch, als ich der Portierfrau Berber und dem Kantinenwirt Krumin winkte, bis dann, und dem Direktor hinterherrannte, entschlossen, mit ihm auf gleiche Höhe zu kommen und zu bleiben. Ich, sein eifrigster Bewunderer, seit ich miterlebt hatte, wie sich die junge Angestellte an seiner Schulter ausgeweint hatte, während des Walzertanzens, an ihrem neunundzwanzigsten Geburtstag. Warum eigentlich? Warum?

Das fragte ich den Direktor, nachdem ich eine halbe Stunde wortlos hinter ihm hergelaufen war. Aber ich erhielt keine Antwort, was typisch war, denn an diesem Tag blieb alles ohne Antwort. Selbst das Weiß der Stadt gönnte dem Licht keinen Widerschein. Ich kannte diese Mattheit der Reflexe. Sie ähnelte dem gesäuberten Hof der Zeche.

Die Stadt habe ich bereits beschrieben. Es gab nicht viel zu beschreiben. Den Hof der Zeche spare ich für später auf.

Wir gingen durch die Straßen, die sich glichen. Wir gingen lange, meistens in Schleifen. Man hätte meinen können, wir suchten nichts, dabei suchten wir sehr gründlich. Nach einer knappen Stunde entdeckte der Direktor ein Spirituosengeschäft, und wie schon vor etlichen Tagen, als er gestürzt und dabei die Flasche mit dem Würzbitter zu Bruch gegangen war, begann der Direktor zu rennen. Weil ich ein Mißgeschick vorausahnte, versuchte ich den Direktor zurückzuhalten. Aber er riß sich los, setzte mit einem Satz über den Gehsteig und warf sich gegen die Eingangstür, die von der Wucht des Ansturms aufsprang. Er stürzte ins Innere des Geschäfts, wo er auf halbem Weg zur Ladentheke eine Frau überrannte. Er selber konnte einen neuerlichen Sturz mit Not vermeiden. Keuchend trat er über die Frau hinweg zum Ladentisch.

Das war der Punkt, an dem ich zu ahnen begann, daß das Leben, das ich am großen Tor geführt hatte, zu Ende war. Ich hätte gerne gewußt, warum, warum plötzlich alles anders war. Aber es gab niemanden, der meine Fragen beantwortet hätte. Nur eins meinte ich von alleine zu wissen, mit zermürbender Klarheit (Ausdruck Arbeiter Vichtonen), daß die Dinge, die sich irgendwann (was ist irgendwann) zu verändern begonnen hatten, nicht nur nicht mehr dieselben, sondern plötzlich völlig verschieden waren von denen, die sie gewesen waren. Ich hatte mich lange Jahre mit Umgang, geistiger Struktur und Satzbau beschäftigt. Ich hatte Talent fürs Tennisspielen und für das Vorhersagen von Regen entwickelt, was vor dem großen Tor das Instrument des Akkordeonspielers und am Tennisplatz die Gesundheit empfindlicher Frauen und deren teure Frisuren vor Schaden bewahrt hatte. Ich wollte groß werden, richtig groß und stark, über einsachtzig und ziemlich muskulös. Ich wollte die Kunst des Tanzens zumindest in ihren Grundzügen erlernen. Doch davon war ich meilenweit entfernt.

Der Direktor half der Frau, die er niedergestoßen hatte, nicht auf, obwohl sie kreischte. Während er seinen eigenen Körper nach möglichen Beschädigungen abtastete, redete er auf den Verkäufer ein, aber der Verkäufer redete nicht mit ihm. Mir kam das alles sehr sonderbar vor, wirklich sehr seltsam, auf eine beklemmende Weise ungewohnt, so daß ich das Bedürfnis verspürte, in den leeren Himmel zu schauen, das Allheilmittel. Aber ich befand mich in einem Geschäft, wo eine Frau kreischte und gleichzeitig den Verkäufer schlug, der ihr auf die Beine helfen wollte, und mit dem Himmel schaute es deshalb und auch aus anderen Gründen sehr schlecht aus.

Ich hatte das Dorf verlassen, jetzt lohnte auch der Himmel nicht einmal mehr die Mühe hochzublicken. Hätte ich mich statt in dem Geschäft, in dem die Frau schrie, vor dem Geschäft und somit auf der Straße befunden, hätte das keine große Erleichterung gebracht, weil draußen zwar ein Himmel war, sogar ein weitestgehend leerer, aber zugleich auch ein schmaler und eckiger Himmel, als müßte ihn ein Idiot auswendig lernen. Darauf, wiederum, konnte ich verzichten. Und dann erst die Farbe, mon dieu (Ausdruck Buchhalterin Kreisler). Ich stellte mir vor, daß sie sehr ordinärem Schiffsbriefpapier nachempfunden war, ein Eindruck, den die geschnittene Form des Himmels unterstrich. Kurzum: der Himmel hierorts war beliebig. Zu Hause war er unverkennbar gewesen, dort hatte ich ihn täglich studiert zu allen Tageszeiten und Wetterlagen. Das hatte ich von den Arbeitern gelernt, die Tage und Nächte unter der Erde verbracht und beim Nachhausegehen hinaufgeschaut hatten, um zu sehen, wie schön der Himmel war, egal welcher. Aber ich hatte eine Vorliebe für den leeren oder leer werdenden Himmel entwickelt, der tagsüber gleichmäßig und flach gewölbt gewesen war, nachts hingegen einen Buckel wie eine Katze gemacht hatte. Ich wußte nicht weshalb oder gegen wen und ob der Buckel mit dem Geschrei der Bagger zusammenhing, aber ich glaubte, daß er jemand anderem galt, nicht mir. Auch andere haben sich mit dem Nachthimmel verstanden, unter ihnen diejenigen, die am Ende des Tages, den wir an Land verbrachten, nicht zurück am Schiff waren und nicht in der neonverbeulten Stadt, sondern am Strand. Dort, in der Dunkelheit, als wieder zu hören war, daß jemand jemanden liebe, erahnte ich auch wieder einen Hauch Umgang und Satzbau, eine letzte Erinnerung an das große Tor, an das Tennisspiel, die Käse-Wurstplatten und das erlauschte Glück am Teich.

Doch zwischen dem Mißgeschick im ersten Spirituosengeschäft und der darauffolgenden Nacht lag ein langer Tag und in diesem Tag wenig Erfreuliches und darin, wiederum, kaum etwas, wonach es mich zu berichten drängt. Trotzdem glaube ich, daß es nicht richtig wäre, diese Geschehnisse zu überspringen, und deshalb fahre ich mit dem ersten Mißgeschick fort.

Der Direktor mußte der Frau, die durch seine Eile zu Schaden gekommen war, eine zerbrochene Brille ersetzen. Nach seinen eigenen Wünschen wurde er nicht gefragt. Der Verkäufer grüßte, als habe der Direktor soeben Anstalten gemacht, das Geschäft zu verlassen. Und genau das tat der Direktor. Er trat auf die Straße, als ob er von vornherein nur beabsichtigt hätte, die Frau über den Haufen zu rennen und sonst nichts. Meine Klugheit sagte mir, daß dem nicht nur nicht so war (dafür hätte es keiner Klugheit bedurft), sondern auch, daß die Entschlossenheit des Direktors mehr der Überwindung innerer Widerstände diente als der Täuschung des Verkäufers. Trotzdem ging der Direktor weg, ohne sich umzudrehen. Aber hinter der ersten Hausecke blieb er stehen und bereute sogleich, davongegangen zu sein, ohne sich nach dem Getränk erkundigt zu haben. Er nannte sich halblaut beim Namen und fügte Schimpfwörter hinzu, so überzeugt war er, dem Ziel seiner Wünsche ganz nahe gewesen zu sein. Diese Überzeugung wurde im Verlauf des Tages zu einer fixen Idee, und von ihr gequält, kehrte der Direktor nach gut fünf Stunden zu dem ersten Geschäft zurück.

Er wollte Versäumtes nachholen. Wir alle wollen Versäumtes nachholen. Doch nicht alles Versäumte läßt sich nachholen. Wer weiß überhaupt, was versäumt wird und was nie möglich war.

Einmal (was ist einmal) schlug das große Tor hinter der jungen Angestellten zu. Am Vortag hatte ich sie in der Schwimmschule gesehen, an einem heißen Tag nach einigen ebenfalls heißen Tagen. Beim großen Tor war kein Schatten gewesen, und der Wind hatte den Staub die Straße heraufgeweht, und Staub und Wind hatten meinen Schweiß getrocknet und mein Gesicht grau eingefärbt. Nach dem abendlichen Schichtwechsel hatte ich im Fluß gebadet und war, weil ich mangels Beziehungen zum Badewärter Karras keinen Zutritt zur Schwimmschule hatte, unter dem Zaun durchgetaucht, um zwei- oder dreimal die Rutsche zu verwenden und rasch zurückzutauchen, bevor mich die Hochmutspinsel entdeckten.

Ich beschreibe die Rutsche. Sie war fünfzig Meter lang, bog in zwei Schleifen um eine Mittelstange und schwenkte zuletzt in einer gegenläufigen Kurve zum Fluß. Das Plastik war rot, doch dort, wo gerutscht wurde, war es abgewetzt und beinahe weiß. Aus kleinen Löchern lief Wasser in die Rutsche, aber nur bei Tag, nie bei Nacht. Nachts bekam ich offene Fersen, weil ich am schnellsten rutschte, wenn nur die Fersen und Schulterblätter das Plastik berührten. Deshalb rutschte ich lieber bei Tag.

An besagtem Tag schloß ich beim zweiten Mal Rutschen kurz vor dem Ende der Rutsche zur jungen Angestellten auf. Sie tauchte unmittelbar vor mir ins Wasser. Ich wollte nicht bremsen und geriet unter ihren Körper, wobei ich mit den Händen ihre Brüste berührte. Wir kamen nebeneinander hoch. Sie lachte. Ich glaube, sie sagte etwas und streckte gleichzeitig ihre Hand nach mir aus. Aber ich war schon im Begriff, wieder unterzutauchen, damit mich der

Badewärter Karras nicht sah und Steine nach mir warf. Deshalb bin ich mir nicht sicher, ob die junge Angestellte tatsächlich etwas sagte. Ich schwamm nach draußen. Ich dachte mir nichts, weil zu der Zeit die Dinge noch nicht verändert waren und die junge Angestellte mein Herz erst am nächsten Tag auf eine Art festhalten sollte, daß die Konstruktion dem Herz keinen Ausweg ließ. Der nächste Tag war der Tag ihres Ausbleibens. Ein möglicher Anfang, und wie alle Anfänge ohne Anzeichen auf ein sinnvolles Ende. Heute, Jahre danach und weit davon entfernt, stelle ich mir vor, daß die junge Angestellte unterhalb der Rutsche sagte, daß sie mich liebe. Es bestand kein besonderer Anlaß. Aber ich habe diese Worte oft ähnlich grundlos von anderen zu anderen sagen gehört. Das gibt mir Hoffnung, die unwahrscheinliche, grundlose und dennoch tröstliche Hoffnung, daß es so war und ich es bloß versäumt habe. Klarheit werde ich niemals gewinnen, und ich muß froh sein, daß es so ist, weil es manchmal besser ist, sich zu täuschen, solange es geht. Je mehr ich über die Fähigkeit, sich selber zu täuschen, nachdenke, desto durchscheinender werden die mühsam gewebten Vorstellungen von der Liebe zu einer jungen Frau und Angestellten. Aber die Vorstellungen halten, was sie nicht versprechen, weil ich fest an sie glaube. Das gibt mir Kraft und die Gewißheit, daß auch der Direktor niemals hätte Klarheit gewinnen sollen. Denn letztlich, nachdem ihm seine Klarheit vorübergehend genutzt hatte, schadete sie ihm, und mir mit ihm.

Von der gegenüberliegenden Straßenseite aus beobachtete der Direktor das Spirituosengeschäft, in dem er am Vormittag eine Frau über den Haufen gerannt und eine Brille zerbrochen hatte. Es verging eine halbe Stunde, ohne daß etwas passierte. Es war erniedrigend heiß. Der Kopf dröhnte mir von der Sonne, ich war durstig und der Direktor so gereizt, daß in seinem Gesicht Nerven zuckten. Dreimal ging er an der Tür des Geschäfts vorbei, brachte den Mut zum Eintreten aber nicht auf, weshalb er den Akkordeonspieler aufforderte, in das Geschäft zu gehen und nach dem Gewünschten zu fragen. Doch für derlei hat und hatte der Akkordeonspieler keinen Kopf. Er spielte eine fröhliche Tonfolge. Der Direktor machte Fäuste. Ich verstand sein Verhalten immer weniger, um so mehr verblüffte es mich. Die Menschen sind halt verschieden (Ausdruck Arbeiter Borrini). Also sagte ich zum Direktor, daß es keinen Unterschied mache, ob er jetzt oder später in das Geschäft zurückkehre, es sei denn, das Geschäft sperre plötzlich zu.

Der Direktor schaute mich an. Er biß sich in die Unterlippe, mit erhobenen Brauen, mit einem verstohlenen Blick über die Straße. Er löste seine Fäuste, warf einen Geldschein in meine Kappe. Anschließend ordnete er sein Haar und ging langsam, sehr langsam, zu dem Geschäft, von dem er sich so viel versprach. Ich öffnete ihm die Tür und ließ ihn eintreten. Er ging zur Ladentheke, irgendwie geduckt, als erwarte er im nächsten Moment einen Schlag, den er nicht abwehren kann. Ich muß sagen, nach den Enttäuschungen, die ihm in den Geschäften, Bars und Hotels dieser Stadt widerfahren waren, hatte er allen Grund dazu.

In einem großen Geschäft war er abgewiesen worden. Er hatte diesen neuerlichen Rückschlag nicht akzeptieren wollen und auf einen Irrtum bestanden. Ein akkustisches Mißverständnis. Eine Schlamperei. Eine Heimtücke.

»Nicht auf Lager? Soll ich lachen? Wenn es wäre, wie

Sie sagen, müßte man Ihnen glatt die Konzession entziehen!«

Der Direktor schimpfte sehr ungehalten. Zwei Männer mußten ihn losreißen, weil er sich weigerte, den Verkaufsraum zu verlassen, und das, obwohl man ihm im Willen zu allergrößtem Entgegenkommen (Ausdruck Betriebsrat Kreisler) ein Feuerzeug geschenkt hatte. Über die Hinterhöfe, wo weit und breit kein Mensch war, drang der Direktor daraufhin in das Lager ein, um sich zu vergewissern, daß er belogen worden war, verschaukelt, reingelegt, ausgetrickst. Hastig inspizierte er Getränkekartons, stapelte sie um, um einzelne Kartons aufreißen zu können, aber ohne Erfolg. Ab einem bestimmten Zeitpunkt wußte er so gut wie ich, daß Weitersuchen mit keinem sinnvollen Zweck mehr verbunden war. Trotzdem dehnte er seine Suche aus und öffnete auch jene Kartons, die unmißverständlich beschrieben waren. Das brachte ihn in Schweiß. Ein Karton fiel zu Boden. Ich hatte es kommen sehen. Nichts, was vorging, vermochte auch nur annähernd den Eindruck zu erwecken, zu etwas Gutem zu führen. Die Folge mußte sein, daß jeden Moment jemand ins Lager platzte. Ich rechnete augenblicklich mit diesem Fall und fand, daß es nur von Vorteil sein konnte, wenn dieser Jemand bei seinem Eintreten niemanden antraf. Trotzdem zögerte der Direktor. Er schaute schuldbewußt auf sein neuerliches Mißgeschick. Ich drängte zur Flucht. Nur fort. Schnell. Das war der natürliche Gedanke, wie in so vielen Situationen. Ich hatte das Fliehen wenigstens ansatzweise gelernt, in der Schwimmschule und in den Gärten der Villen. Doch der Direktor hatte die letzten Jahre in seinem Büro verbracht und darüber hinaus einen eigenen Garten besessen, einen sehr großen, wenn auch vernachlässigten

Garten, den ich vielleicht, irgendwann, beschreiben werde. Als der Direktor meinem Zerren nachgab, war es zu spät. Die Verkäuferin bekam seine Jacke zu fassen, und anstatt aus den Ärmeln zu schlüpfen und die Jacke aufzugeben, blieb der Direktor stehen. Außer sich vor Wut trat ihn die Frau mit Füßen, dann gab sie ihm Ohrfeigen, die ins schweißige Gesicht des Direktors klatschten. Ich glaube, ich habe nie gemeinere und bösartigere Hände gesehen, weshalb ich nicht zögerte, der Verkäuferin eine Flasche gegen den Arm zu schlagen. Für einen Moment erstarrte die Verkäuferin, plötzlich war sie wie ausgewechselt und lief, um Hilfe schreiend, davon. Ich stellte die Flasche in den Karton zurück, und wir liefen ebenfalls davon, jedoch in entgegengesetzter Richtung und ohne weiteren Aufruhr. Die Hinterhöfe, die wir nochmals durchquerten, hatten mir schon beim Hinwärts Eindruck gemacht. Weiterhin kein Mensch, keiner weit und breit. Aber es gab einen Tischtennistisch, eine Schaukel und eine kleine Rutsche, die in einer Sandgrube endete. Im Vorbeilaufen nahm ich dies alles nochmals in mir auf. Es verwandelte sich in Erinnerungen an ein Glück, das mich neuerlich erstaunte angesichts all dessen, was vorgefallen war und noch vorfallen mußte. Was immer wir zu Hause gewesen waren, wir waren es nicht mehr.

Ohne seinen Direktorensessel und das Fenster vis-à-vis, das auf den Zechenhof schaute, schien der Direktor verändert. Sein Auftreten war jetzt verschüchtert und unterwürfig, doch hinter dieser Unterwürfigkeit lauerten Mißtrauen und Verschlagenheit. Als der Verkäufer in dem Geschäft, zu dem der Direktor zurückgekehrt war, bedauerte, mit dem Gewünschten nicht dienen zu können, gab sich der Direktor mit der Absage nicht zufrieden. Er legte eine große Geldsumme vor sich hin und lächelte vertrauensvoll. Der Verkäufer bot Frauen an. Auch andere Vergnügungen wurden auf eine kalte und formelle Art mit dem Geld in Verbindung gebracht. Der Verkäufer wollte ein Mädchen holen, zur Ansicht. Aber der Direktor, in seinen Erwartungen abermals enttäuscht, packte den Verkäufer an den Jackenaufschlägen und zerrte ihn halb über die Theke, bis ihrer beider Gesichter einander sehr nahe waren. »Frauen? Sie bieten mir Frauen an? Schämen Sie sich nicht?« Er schüttelte den Verkäufer wie einen Sack wertloser Dinge. Mit weiteren Beschimpfungen und langen, komplizierten Drohungen, deren Strudel mich kurzfristig glauben ließ, der Direktor vergesse sich vollends darin, erpreßte er die Adresse eines Kunden, der das verlangte Getränk zuweilen bestelle. Als der Direktor die mehrmals wiederholte Adresse auswendig wußte, warf er den Verkäufer in einer überschwänglichen Erleichterung zu Boden. Er steckte sein Geld ein und stürmte auf die Straße hinaus, wo uns die Hitze nach der Kühle des Geschäfts mit doppelter Wucht empfing. Durst und Hunger plagten mich. Aber der Direktor zog mit weitausholenden Schritten durch die sinnverwirrenden Räume dieses Nachmittags, während ich mich stillschweigend fragte, was ihm denn eigentlich fehlte, dem Direktor, daß er so rannte, ob es nur diese Flüssigkeit sein konnte, dieses bittere Elixier, das auf seinen Papieren rostbraune Flecken verursacht hatte und in der Wäsche trotz zweimaligen Waschens als rosa Schatten zurückgeblieben war.

Ich wunderte mich. Wozu das Ganze? Wofür? Warum? Für wen? Ja, für wen?! War es das wert, daß man wegen einer bloßen Trinkgewohnheit so ein Aufsehen machte?

Nach Ansicht Frau Doktor Grüneisens: Nein. Es gab

Wichtigeres im Leben als Tennisspielen (oft gehört), so auch Wichtigeres als dieses Getränk, Angostura. Ganz meine Meinung. Andererseits: Da ich die Farbe des Angostura in der Farbe alten Laubes, verrosteter Blechdosen und zerbrochener Dachziegel erkannte, wußte ich mir auch einen Reim auf das Verlangen des Direktors zu machen. Denn der Anblick der zerbrochenen Dachziegel, außerhalb der Stadt auf dem Weg zu den Häusern mit Garten, erinnerte mich an manches Wichtige in meinem eigenen Leben, zum Beispiel an das halbverfallene Streckenhaus, wo ich ein beschädigtes Dach mit Löchern voll staubigem Gelb oder den Nachthimmel über dem Kopf gehabt hatte. Am Morgen hatten Fliegen den Tau von den zerbrochenen Dachziegeln gesaugt, und beim Anspucken der Fliegen war ich glücklich gewesen. Diese Erinnerungen, das wußte ich, ähnelten der Bitterkeit und Roströte, nach der der Direktor seit dem Morgen suchte. In gewisser Weise konnte ich ihn verstehen. Die Gleichheit der Farben war eine Erklärung. Jede Erinnerung war eine Erklärung. Ich, zum Beispiel, hob auf dem Weg zu der erpreßten Adresse eine der herumliegenden Ziegelscherben auf und betrachtete sie, als ob diese Scherbe ein Ersatz sein könne für die Scherben vor dem Streckenhaus. Ich schaute die Scherbe mehrere Sekunden lang an. Dann mußte ich sie allerdings wegschmeißen, weil mir schlagartig bewußt wurde, daß diese Stadt mit ihrer unangenehmen Hitze und dem Briefpapierhimmel, auf dem die wenigen Wolken schmutzige Zeilen waren, selbst gewöhnliche Ziegelscherben in ein Licht rückte, das Ähnlichkeiten zu früheren Ziegelscherben rein zufällig werden ließ. In Wahrheit gab es nichts wiederzufinden. Jedenfalls nicht hier. Aber wo? Nirgends. Vielleicht nicht nirgends, kann sein, aber den Platz am großen Tor hatte ich verlassen, und ich zweifelte, daß es etwas gab, das mir das Verlassene würde ersetzen können.

Von dem, was ich – einmal – gehabt hatte, war nur meine Kappe und die Hoffnung geblieben, daß bald wieder jemand zu jemandem sagt, daß er ihn liebt. Das hielt ich für möglich, wenn ich auch nüchtern bleiben und berücksichtigen mußte, daß mich bereits die Schiffsreise enttäuscht hatte. Nichts und nie. Nicht einmal an Deck. Nicht einmal nachts. Nicht einmal während des Tanzabends. Ich hatte allen Grund zu der Befürchtung, daß die Angewohnheit, jemandem zu sagen, was der Sterblichkeit einen Hauch Ewigkeit verleiht und die Fleischlichkeit mit Poesie verklärt, eine altmodische Eigentümlichkeit sei (wie so vieles) und damit ebenso verloren verloren verloren.

Auf dem Weg zu der vom Direktor erpreßten Adresse sagte ich die Worte, deren Nuancen ich allesamt am Tennisplatz, am Löschteich und an den Küchentischen der Arbeitersiedlung kennengelernt hatte, zu den Rasensprengern, zu den galvanisierten Mülltonnen und zu den frisch gestrichenen Gartenzäunen. Ich sagte es voller Angst und mit einer Traurigkeit, die mir den Mund verzog. Ich sagte es zärtlich und herausfordernd. Aber das war kein Ersatz und machte den Gedanken daran nur noch quälender.

Einmal (was ist einmal) schaukelte ich ohne Erlaubnis im Garten des Ehepaars Lohnverrechner Doktor Steinbach. Während des Schaukelns vergaß ich aufzupassen, und plötzlich standen Mädchen hinter, vor und neben mir, obwohl sie nur zu zweit waren: die Tochter des Ehepaars Doktor Steinbach und die des Platzwärters Zimek. Das rote Haar der Platzwärtertochter loderte um ihren Kopf. Sie blickte gelangweilt zu ihrer Freundin, der Tochter des

Lohnverrechners, nickte nach einiger Zeit, als ob es einer Zustimmung bedürfe, einer Vorwegnahme von etwas, das unausweichlich war. Sie zerrte mich von der Schaukel und verkündete, daß ich meine Unbefugtheit abbüßen müsse.

Ich machte Handstand, obwohl ich es nicht konnte. Sie hielten mich an den Beinen fest. Ich fuhr auf einem Fahrrad, obwohl ich es nicht konnte, und schlug mir beide Knie auf. Ich sang in einen Gartenschlauch, bis mir schwindlig wurde, und trug die Mädchen auf meinem Rücken, obwohl meine Knie schmerzten.

Nach gut einer Stunde vielfältiger Abbüßungen lag ich keuchend im Rasen. Ich schlürfte die abstrahlende Wärme, die der Boden untertags gespeichert hatte. Es war Abend geworden. Die Schaukel schaukelte von selbst. Insektenschwärme wippten wie Kinderspielzeug auf und ab, als hingen sie an unsichtbaren Fäden. Die Mädchen stießen mich mit ihren nackten Füßen an. Ihre Sohlen waren gelb vom Sommer und grün und braun vom Rasen und der Erde. Ich stellte mir vor, die Sohlen mit den Händen zu berühren, die Sohlen, die nie wiederkehren, die Fesseln, ihre Fesseln. Das war nicht möglich. Ich setzte mich auf. Ich fragte mich, in welcher Beziehung dies alles zum Klassenkampf stehe (Ausdruck Sprengmeister Binder), und schaute den Mädchen abwechselnd in die Augen, der Tochter des Platzwärters Zimek, der Tochter des Lohnverrechners Doktor Steinbach. Letztere reckte das Kinn und sagte, ich solle den Kopf nicht wie eine Schildkröte einziehen: »Schultern zurück, Kopf heraus!«

Ich beschreibe die Tochter des Ehepaars Doktor Steinbach. Sie war ein dummes Ding (Ausdruck Frau Doktor Steinbach), ganz mager, mit einem flachen Hintern. Im Garten tanzte sie Ballett wie andere Mädchen heimlich rauchen. Ich glaube nicht, daß sie heimlich rauchte, jedenfalls habe ich sie nie dabei beobachtet. Ihr blondes Haar wurde jedes Jahr dunkler. Aber sie hatte noch keinen Busen und noch Warzen an den Fingern, so jung war sie. Trotzdem sagte sie, es gebe Tage, an denen man vorteilhaft aussehe, eine Frau wisse das, ohne in den Spiegel sehen zu müssen. Deshalb wisse sie, daß sie heute vorteilhaft aussehe. Auch habe sie ihr Lieblingskleid an, und alles in allem denke sie – sie stieß mich neuerlich mit dem Fuß an –, daß es angebracht wäre, wenn ich ihr sagte – ich horchte auf –, daß sie schön sei. Ich hatte schon gedacht. Aber nein. Schade. Ausgerechnet. Aber ihre Sache. Na gut. Ich sagte ihr, daß sie schön sei. Sie nickte, lächelte, machte einen Knicks und verlangte, daß ich eine Fliege esse. Ich fand das Thema sehr abrupt gewechselt und weigerte mich. Von der Platzwärtertochter Zimek bekam ich daraufhin eine Ohrfeige, nicht die erste, die ich von ihr bekommen hatte, auch nicht die letzte. Sie versuchte, meine Kiefer auseinanderzuzwingen, und als ihr das nicht gelang, fuhr ihre freie Hand in meine Hosentasche. Die Gegenstände, die sie zutage förderte, bezeichnete sie als Garantie, daß sie mich gleich eine Fliege essen sehen werde. Was sie in der Hand hielt, war ein beträchtlicher Teil meines Besitztums, daneben besaß ich wenig mehr als eine Ahnung von Stolz, die sich mit der Situation, daß ich auf Befehl zweier unmündiger Mädchen eine Fliege essen sollte, schlecht vertrug. Dieses Dilemma würgte mich (Ausdruck Arbeiter Martinson). Ich spürte ein Kratzen in der Kehle. Gleichzeitig stieg ein abenteuerlicher Gedanke in mir auf, der mich zwang, unablässig auf die Tochter des Ehepaars Doktor Steinbach zu starren, dieses busenlose Mädchen, das unbedingt schön genannt sein wollte. Scheinbar unbeteiligt schaute sie ins Wetter. »Es wird dich nicht umbringen«, sagte sie, »Na los.« »Nein.« »Dann bekommst du Dresche.« »Nein.« »Dresche.« »Nein.« »Na los.« »Nein.« »Wetten. Los.« »Nein.« Ich weigerte mich. Sie schüttelte den Kopf. Sie schaute enttäuscht, jedenfalls ohne Verständnis: »Ganz wie du willst.« Das klang wie eine Drohung. Deshalb wagte ich, was ich zuvor und nie danach gewagt habe und auch nicht wagen will: Ich stellte eine Bedingung, die Bedingung, daß mir die Tochter des Lohnverrechners Steinbach sage, daß sie mich liebe. Das Mädchen wandte sich mir zu, sehr langsam. Sie musterte mich und zuckte die Achseln. Aber sie willigte ein: »Gut. Nach Ihnen.« Sie hielt mir die Fliege vor den Mund. Ich schluckte die Fliege. Ich hatte Aussichten, daß alles zum Guten führe. Dann, nachdem die Mädchen meinen Mund sehr gründlich inspiziert hatten, um sicherzugehen, daß ich sie nicht betrog, indem ich die Fliege unter der Zunge versteckt hielt, sagte sie es, die Tochter des Lohnverrechners, die nicht rauchte und noch keinen Busen hatte. Sie sagte es auf eine herablassende, hochnäsige, geradezu gelangweilte Art, in der kein Gesichtszug die geringste Beteiligung am Gesagten und an mir verriet.

Ich hätte am liebsten geweint, so genarrt, für dumm verkauft, gedemütigt fühlte ich mich (denn ich kenne alle Nuancen). Noch während ich davonrannte, war mir klar, daß ich in Zukunft um so glücklicher sein würde, je seltener ich die eben gehörten Worte gesagt bekam. Ich wollte weiterhin zuhören, wenn es jemand zu jemandem sagte. Aber ich? Nein. Doch, ein einziges Mal noch. Und bis es soweit war, sollten andere erdulden, daß Worte alles erdulden. Ich würde lediglich meine Schlüsse ziehen.

Doch die Möglichkeiten, Nuancen des Abgegriffenen,

Abwegigen und Halbherzigen zu hören, wurden rar und mittlerweile sind sie versiegt, wer kann es wissen. Hans Ohm, der Wäschereibetreiber, soll es zum Kindermädchen des Ehepaars Doktor Grüneisen gesagt haben, aber ich war nicht zugegen, als es geschah, so daß ich nicht weiß, ob es stimmt und wie es gesagt war. Frau Doktor Grüneisen erinnerte den Direktor, daß es zwischen ihnen (was ist einmal) gesagt worden sei, doch auch diese etliche Jahre zurückliegende Gelegenheit, die der Direktor nicht bestritt, habe ich versäumt. Irgendwann. Immerhin. Frau Doktor Grüneisen beschrieb die Umstände mit sehr viel Zärtlichkeit, frühmorgens in einer plastikstrotzenden Imbißstube, aus der sie anschließend verschwand. Doch damit greife ich vor. Genaugenommen gehört das nicht hierher.

Ehe Frau Doktor Grüneisen den Direktor an dieses Einmal erinnerte, erlebte der Direktor seinen inneren und äußeren Bankrott.

Wir gingen zwischen niedrigen Häusern und näherten uns dem Rand der Stadt. Dort schob sich das Meer wieder heran. Sirenen tönten, verursachten bei mir eine diffuse Beklemmung und veranlaßten den Direktor für eine Weile schneller auszuschreiten, weil sie ihn daran erinnerten, daß der zeitliche Rahmen seiner Suche begrenzt war. Ich merkte allmählich, wie weit wir an diesem Tag schon gegangen waren. Mittlerweile hatte ich Mühe, mit dem Direktor Schritt zu halten. Die Temperatur nahm unaufhörlich zu, und eine ungenießbare Brise behinderte mein Gehen, weil sie mich vorwiegend von vorn traf. Meine Füße brannten in den Schuhen, die feuchten Socken klebten zwischen den Zehen. Die Schuhe waren zu eng, die Welt war zu weit, und die Erschöpfung, als Folge davon, ließ mich wünschen, daß mir von der einen Fliege, die ich geschluckt hatte, Flügel wüchsen. Ein verhängnisvoller Wunsch. Denn meine Füße schmerzten desto mehr. Ich sah ein Mädchen mit einem Eis. Ich würde das Mädchen beschreiben. Doch als das Mädchen bemerkte, daß ich es ansah, streckte es mir die Zunge heraus. Es war ihr Eis. Sie hatte es bezahlt. Ich konnte sie verstehen. Ich konnte manches verstehen, manches war verständlich. Was dann? Ich hätte es gewußt. Aber der Direktor hatte ausreichend mit sich selbst zu tun und für Kinder mit einem gelben Vanillerand um den Mund keine Augen. Keine Zeit. Die nächste Straße überquert, die nächste Ecke zwischen mich und das hinter mir Liegende gebracht, wozu jetzt auch das Mädchen mit dem Eis gehörte. Und ich, dumm genug, trottete pflichtschuldigst hinterher, wo keine Pflicht bestand, verblüfft, daß dem Direktor die bloße Möglichkeit, der Erfüllung seines Wunsches nahe zu sein, genügte, um zur Akkordeonmusik zu schnalzen, sorglos, ohne Aufmerksamkeit für seine Umgebung, für mich. Er klopfte sich sogar weiterhin rhythmisch an die Seiten, als der Akkordeonspieler eine Pause einlegte, und nach einiger Zeit glaubte ich, aus diesem Taktschlag ein Lied herauszuhören, das ich von früher kannte. Aber das war wohl wieder eine Tücke meiner neuen Veranlagung, mich in das Vergangene zu flüchten, und sei es noch so traurig.

Ich dachte an den Abtransport der ersten Toten. Ich duckte mich unter dieser Erinnerung und klammerte mich trotzdem an sie, als sei es nötig, sie festzuhalten, damit niemand sie mir wegnimmt.

Es war der zweite Tag nach dem Unglück. Hunderte Grillen zirpten zugleich mit durchdringenden Stimmen. Sie drillten ein nicht zu entwirrendes Kreischen in den

Nachmittag, das lauter war als an anderen Tagen, jedenfalls laut genug, daß die Geräusche, die beim Verladen der Leichen auf einen Lastwagen entstanden, untergingen. Doktor Grüneisen stand beim großen Tor. Das große Tor war geschlossen, weil Doktor Grüneisen die Verladung der Toten ohne Störung abwickeln wollte. Als alle Leichen auf der Ladepritsche festgemacht waren und sich die Arbeiter in einem Spalier aufgestellt hatten, gab Doktor Grüneisen das Zeichen zur Musik. Das Zirpen der Grillen setzte aus, denn ihr dreigestrichenes C (Ausdruck Frau Berber) paßte nicht zur Musik des Akkordeons. Der Lastwagen fuhr los. Er fuhr angemessen langsam, wozu ihn auch der schlechte Zustand des Hofes zwang. Ich öffnete das Tor in seiner ganzen Breite, und meine Kappe, die ich beim Öffnen des Tors, um etwaige Münzen zu fangen, immer abgenommen hatte, behielt ich aus Respekt vor den Toten auf. Herr Doktor Grüneisen schlug sie mir mit mehreren Ohrfeigen vom Kopf. Der Lastwagen fuhr über die Kappe. Weinend schaute ich dem Lastwagen hinterher. Der Lastwagen verschwand hinter der Kurve, bereits eine Erinnerung, als sich der aufgewirbelte Staub noch nicht wieder gelegt hatte.

Noch immer weinend schloß ich das große Tor. Einzelne Arbeiter kneteten noch mehrere Minuten lang ihre Kappen, um sie sich im Weggehen dann aufzusetzen, wie ich es vorher nie bei ihnen gesehen hatte: Es war, als kämen ihre Köpfe den Kappen auf halbem Weg entgegen. Doktor Grüneisen ging mit schleppendem Schritt in Richtung des Verwaltungsgebäudes, wo ihn der Untersuchungsbeamte mit weiteren Anordnungen erwartete. Der Akkordeonspieler preßte alle Luft aus seinem Instrument, und gleichzeitig hob das Zirpen der Grillen wieder an, ebenso metallisch, laut und geschwätzig wie zuvor. Ich höre es noch, dieses sinnlose, gleichgültige Geschabe und das Klopfen meiner Hand, die den Staub von der Kappe entfernt. Ach, ihr schwerwiegenden, nie zu klärenden Erinnerungen. Manchmal, am Abend, vor dem großen Tor oder am Löschteich, wenn die Grillen alle zugleich und durcheinander zirpten, fragte ich mich, was aus allem werden würde, wenn die Grillen ein Jahr lang schwiegen. Ob das Wuchern des Gestrüpps innehielte und mit ihm das Wuchern der Phantasie?

Endlich waren wir bei der aus dem Verkäufer gewürgten Adresse angelangt. Der Abend nahte. Die Brutalität des Lichts ließ allmählich nach, und da ich über verschiedene Umwege wie das Taktschlagen des Direktors für das Zirpen von Grillen sensibel geworden war, hörte ich auch hier eines dieser Tiere seiner seltsamen Beschäftigung nachgehen. Ich meinte das Geräusch hinter der gut zwei Meter hohen Ziegelmauer zu orten, die das gesuchte Haus zur Straße begrenzte, ein Eindruck, den ich nicht bestätigt fand, als wir durch das Tor in den Garten traten.

Ich beschreibe den Garten. Er war von gelbem, ausgeschossenem Rasen überzogen und ohne Anzeichen regelmäßiger Benutzung. Eine schmale Spur niedergetretenen Grases führte zu einem Komposthaufen, ansonsten lag alles, wie es schien, seit langem vernachlässigt. Dasselbe galt für das Äußere des Hauses. Nicht einmal die Klingel funktionierte, obwohl der Direktor seinen Finger mehrmals tief hineinstieß. Also gingen wir um das Haus herum, vorsichtig, damit der Kies nicht zu sehr unter unseren Schuhen knirschte. Der Direktor klopfte an ein erreichbares Fenster mit einer Ruhe, die ich ihm schon nicht mehr zugetraut hätte. Um auf uns aufmerksam zu machen, klopfte er auch an die halboffene Verandatür. Doch auch darauf reagierte niemand. Selbst mein »Hallo!« blieb wie so vieles an diesem Tag ohne Antwort.

Der Direktor hielt den Akkordeonspieler zum Spielen an, damit kein Eindruck entstand, der auf die Rechtswidrigkeit unserer Vorgangsweise deutete (Ausdruck Doktor Bianchi). Der Akkordeonspieler füllte den Balg des Instruments, und zu einer Musik, die unsere Nervosität unterstrich, ging der Direktor uns voraus in eine Küche, von dort über einen Flur in ein Nähzimmer, weiter in ein Wohnzimmer und in eine Bibliothek.

Die Bibliothek war voller Regale, alle Regale waren voller Bücher, alle Bücher waren rot. In der Mitte des Raums in einem schwarzen Ledersessel saß ein schlafender alter Mann, dessen Morgenmantel von derselben roten Farbe war wie die Bücher. Dasselbe galt für seine Pantoffeln, für die dicken Vorhänge vor dem Fenster und die Kerze auf dem Tisch. Selbst die Fensterläden mußten früher einmal dieses Rot getragen haben. Das fiel mir auf, als der alte Mann eine halbe Stunde später am Gartentor stand, durch das er uns soeben auf die Straße gedrängt hatte.

»Besuchen Sie Geschäfte, geben Sie Bestellungen auf, machen Sie eine Anzahlung, aber verschonen Sie mich mit Ihrem Irrsinn.«

Der alte Mann machte eine Pause, um das Tor zum Garten zu versperren, damit wir nicht zurückkommen konnten.

»Und jetzt belästigen Sie mich nicht länger, ich möchte weiterschlafen. Und nebenbei: Eine schreckliche Musik. Möchte wissen, wo man die erfunden hat? Aber freilich, ich kenne diese Welt, mir ist alles bekannt, zwölfhundert Bände, was gibt es wo. Aber sich unangemeldet in meine

Gegenwart drängen, das gibt es nirgends. Vier Gläser Zitronensaft, ein Genever mit Angostura. Und wofür? Für die ganze Flasche? Auf diesem Ohr bin ich taub! Zurück zur Förmlichkeit, meine Höflichkeit. Guten Tag.«

Der alte Mann kehrte zurück ins Haus, die Pantoffeln klatschten ihm an die Fersen, die vorderen Spitzen seines offenen Morgenmantels schleiften über den Boden. Ich mußte an einen traurigen König denken, der soeben seines ungeliebten Amts gewaltet hat. Ich mochte diesen Mann. Denn obwohl wir ohne Berechtigung in sein Haus eingedrungen waren und obwohl alles gegen den Direktor sprach, dessen Zustand ich ein zweites Mal beschreiben müßte, weil der Verlust einer Flasche orangefarbenen Würzbitters die Mühen sorgfältigster Beschreibung wertlos macht, hatte uns der Mann gastfreundlich empfangen. Ihm verdankte ich, daß meine Zunge nicht mehr am Gaumen klebte, und auch das Wissen, daß das Reisen eine schöne Kunst ist (gewesen wäre), verdankte ich seinem Entgegenkommen.

Da fällt mir ein, daß ich einmal (einmal), um ein Haar eine Reise unternommen hätte, von der ich hinterher hätte sagen können, daß sie schön war.

Einmal holte uns Hans Ohm mit seinem gelben Lieferwagen beim großen Tor ab, wir sollten zwei Tage, Samstag und Sonntag, in einem Haus in den Bergen verbringen. Die Berge kannte ich nur von weitem, denn mein Leben hatte sich auf die zufälligen Grenzen im Winkel von Bergwerk, Bahngleis, Arbeitersiedlung und Schwimmschule beschränkt. Wir stoppten bei der Wäscherei, anschließend ging es weiter zur Kreuzung, an der sich die Straße zur Stadt rechts in die Berge verzweigte. Dort warteten wir drei geschlagene Stunden. Hans Ohm auf eine Frau, deren

Namen er nicht nannte. Der Akkordeonspieler auf nichts, und wenn er trotzdem wartete, weiß ich nicht worauf. Ich indes wartete auf den Beginn der Weiterfahrt, denn Hans Ohm beschrieb, weshalb er sein Haus in den Bergen über alle anderen Orte stellte. Ich dachte mir, in dem Fall, avanti (Ausdruck Arbeiter Equatore), fahren wir. Was warten wir? Doch andererseits: Wenn dem Armausrenker diese Frau, die bislang nicht gekommen war, so sehr am Herzen lag, daß es ausreichte, die Fahrt um Stunden hinauszuzögern, hatte auch das Warten einiges für sich. Ich durfte hoffen, meine Talente an diesem Wochenende zu bereichern. Während der Nasenzertrümmerer in immer liebevolleren Details die aus den Wäldern steigenden Dunstschwaden und das von der untergehenden Sonne rot gefärbte Bergwerk beschrieb, malte ich mir aus, von hoch in den Bergen ungehindert in die Schwimmschule zu sehen, wo Frauen ihre Haare durch die schimmernden Reflexe des Wassers zögen. Ich säße auf der Veranda, der Akkordeonspieler verschnörkelte den Lauf der Sonne über den leeren Himmel, und der Wäschereibetreiber hielte unterdessen die ungenannte Frau in Armen, der er, wenn die Sonne unterginge, sagte, daß er sie liebe. Ja, wenn sie käme, wenn sie gekommen wäre. Doch sie kam nicht. Geheimnisvolle Ungenannte. Nie. Auch nicht nach Stunden. Kam nicht. Der Wäschereibetreiber fluchte. Er sagte, daß die Ungenannte sehr viel abwärts gehen müsse, weil sie schwanger sei und das Balg nicht kriegen solle. Wieder eine Chance verpaßt. Er wisse nicht, was werden solle.

Wir kehrten um. Wir fuhren, als es zu dämmern begann, zurück zum großen Tor. Wortlos. Wer bist du, Langersehnte, die zu wenig abwärts ging? Du schuldest mir eine Reise in die Berge, die ich nicht werde nachholen können.

Die Scheiben des Hauses in den Bergen hätte Hans Ohm besser selber einwerfen sollen, so haben sie andere eingeworfen. Und auch ich weiß nicht mehr, was werden soll. Ich zähle die Monate und die Frauen mit Kind. Es sind zu viele, und den Armausrenker, der sich in Sachen Ehebruch einen gewissen Ruf erworben hatte (Ausdruck Frau Doktor Grüneisen), kann ich nicht fragen, auch niemand anderen, niemand mehr da, der mir Antwort geben könnte: auf die Frage nach dem Namen einer Ungenannten, darauf, ob der Wäschereibetreiber auf das Rot des eingefärbten Bergwerks hätte verzichten dürfen, nur weil eine Ungenannte an jenem Tag nicht kam. Wer versteht ihn, diesen seltsamen Wettesser und Armausrenker, der mittlerweile tot ist? Tot wie die einundsechzig Arbeiter, Karl Abs, Kara Achmed, Halil Adali, Konstantin Angelescu.

So schnell geht das. Eine Grube stürzt ein, ein junger Mann sich ins Meer. Ein Kerzenständer saust auf einen Kopf, eine zerbrochene Flasche in einen Hals, in einen dicken Bauch, gegen dreißigmal. Zweiundzwanzig – dreiundzwanzig – vierundzwanzig.

Gehört das hierher?

Auch das gehört hierher.

Als der alte Mann in sein Haus zurückgekehrt war, hatte ich keine Ahnung, was der Direktor als nächstes tun würde, ich wußte lediglich, daß er etwas tun *wird*. Sichtlich nervös und schmatzend, weil er noch den Nachgeschmack des Würzbitters auf der Zunge hatte, ging er auf und ab. Seine Gedanken, die mit dem Schmatzen einhergingen, waren mit Händen zu greifen: Er wollte sich sein Wohlbefinden nicht wegen lästiger Skrupel vorenthalten lassen. Das Problem war demnach, wie es ihm gelingen konnte, sich trotz des bisher Geschehenen in den Besitz der Flüssigkeit zu bringen. Ich hielt mit seinen Überlegungen Schritt: Er war bereits einmal in das Haus eingedrungen und mußte es ein zweites Mal tun. In der moralischen, wieheißtesgleich, Arithmetik (Ausdruck Lohnverrechner Doktor Steinbach) würde er dabei endgültig ins Hintertreffen geraten, ernstliche Probleme durften ihm daraus aber nicht erwachsen, weil Grenzen, die man einmal überschreitet, für immer überschritten werden (Ausdruck Wäschereibetreiber Ohm). Die Frage galt demnach einzig dem Wie. Wie konnte er in das Haus des alten Mannes zurückkehren? Die schlüssige Antwort hieß: Über die Mauer, denn das Gartentor war versperrt. Ich blickte den Direktor an, fünfzig, groß, dick, grau, in Anzug, Hemd ohne Krawatte. Besser, ich wäre davongelaufen. Ich hatte das Fliehen wenigstens ansatzweise in der Schwimmschule und in den Gärten der Erkenntnis gelernt. Doch dem Direktor zu widersprechen, hatte man mir nicht beigebracht, und die behutsamen Vorbehalte, daß das Verlangte weder meinen Fähigkeiten noch meinen Neigungen entspreche, tat der Direktor mit einer ungeduldigen Handbewegung ab. Ich sah ein, daß sich kein noch so enges Loch auftun würde, durch das ich schlüpfen konnte, wieviel ich auch redete. Es mußte sein. Ich stieg auf die Schultern des Direktors, von dort auf seinen Kopf, von wo er meine Füße mit den Händen noch ein Stück höher stemmte. Jetzt gelang es mir, mich mit einer Hand zwischen den einzementierten Flaschenscherben aufzustützen und auf die Beine zu kommen. Vorsichtig balancierte ich auf dem Mauerkamm, bis ich in die Reichweite eines Baumes gelangte, in dessen Äste ich springen konnte. Von dort war das Weiterkommen leicht. Die Verandatür stand offen, ebenso alle anderen Türen. Aber mein Herz wurde hörbar, und auch meine Schuhe knarrten, obwohl ich meine Schritte dämpfte. Das war mir zuvor nie aufgefallen: Ich war voller Geräusche. Ich hoffte, daß der alte Mann nach der Anstrengung unseres Besuchs wieder eingenickt war. Vielleicht hatte ich Glück und er hielt sich in einem der anderen Räume auf, nahm ein Bad oder erledigte Briefschulden (Ausdruck Frau Doktor Kornatz). Ich schlich in die Bibliothek. Alles war ruhig. Zwar sah ich seitlich neben dem schwarzen Sessel zwei Füße in roten Pantoffeln hervorragen, aber ein schwaches, regelmäßiges Rollen von Luft in einer schlechten Lunge ließ darauf schließen, daß der alte Mann tatsächlich wieder schlief. Die Flasche stand vor ihm auf dem Tisch, mit allen Gläsern. Im Krug ein Rest Zitronensaft, den ich mir eingoß und rasch hinunterstürzte, weil mein Mund wieder trocken war. Während des Trinkens mußte ich an die Küchentische in der Arbeitersiedlung denken, wo ich Limonade getrunken und zugehört hatte, weshalb sich die Arbeiter und ihre Frauen liebten und nicht mehr liebten. Aber der Rest Zitronensaft war wirklich nur ein Rest, und meine Gedanken reichten nirgendwohin, wo ich ein wenig Luft hätte holen können. Nicht an den Küchentisch der Familie Trestler, wo es gesagt worden war, nicht an den der Familie Grabowski, wo es ebenfalls gesagt worden war, sogar mehrmals. Der alte Mann öffnete seine Augen und fixierte mich mit einem Ausdruck wachsamer Furcht.

Ich ließ das Glas fallen. Der alte Mann griff nach der Flasche mit der Miene eines Menschen, der gewillt ist, sich nicht bestehlen zu lassen. Ich konnte ihn verstehen. Ich war froh um alles, was ich vestehen konnte, und eine große Hochachtung erfaßte mich dem Mann gegenüber. Ich schämte mich für meine Niedertracht, und während ich nach einem geeigneten Gegenstand ausschaute, den ich dem Mann auf den Kopf schlagen konnte, sagte ich mit aufrichtiger Höflichkeit, daß ich zusehen müsse, mein eigener Herr zu werden. Sowie ich mein eigener Herr geworden sei, werde es mir leichter fallen, mich wieder meinem Talent fürs Tennisspielen zu widmen oder Fliegen zu fangen, anstatt freundliche und zuvorkommende Menschen in ihrer Abendruhe zu stören. Leider hätten mich gewisse Umstände von der Möglichkeit, Tennis zu spielen und Fliegen zu fangen, abgeschnitten. Das werde mir eine Lehre sein. Deshalb solle er, der alte Mann, um sich selbst und mir, mit einem Wort, uns Unglücklichen, weitere Strapazen zu ersparen, Nachsicht üben (Ausdruck Direktor Backmark) und mir die Flasche überlassen.

Ich war gespannt, wie der Mann reagieren würde. Ich hatte mich nicht getäuscht. Er biß die Zähne zusammen und antwortete gar nicht erst, obwohl ich es immerhin im guten probiert hatte. Lauernd umklammerte er die Flasche mit beiden Händen und drückte sie sich tief in den Schoß, um nochmals deutlich zu machen, daß er die Flasche eher zerschlagen als mir überreichen werde. Ich konnte ihn auch in diesem Punkt verstehen.

Trotzdem beschreibe ich jetzt den Kerzenständer, von dem mein Blick schon seit einiger Zeit angezogen war. Ein flacher Teller auf einem Fuß in der Form eines kopfstehenden Trichters, alles aus gehämmertem Silber. Ich entfernte die Kerze, griff nach dem Ständer, wo er am handlichsten war, und schlug ihn dem alten Mann gegen die Stirn. Blut quoll aus einer klaffenden Wunde. Der alte Mann klappte vornüber, was mich Sekunden später, nachdem ich den Kerzenständer zurück an seinen Platz gestellt hatte, zwang, unter die stark blutende Wunde zu greifen.

Meine Hand und die Flasche wurden von einem warmen Rinnsal überlaufen. Dolche aus rotem Licht drangen durch die Vorhänge und jagten mir einen Riesenschrecken ein. Mir war klar, daß ich fliehen mußte. Schnell, rasch. Ich wischte das Blut am Morgenmantel des alten Mannes ab. Dann rannte ich hinaus in den Garten, wo ich mich gleich vor das nächste Problem gestellt fand, denn ich hatte es versäumt, in den Taschen des Bewußtlosen nach dem Schlüssel für die Gartenpforte zu suchen. Jetzt mußte ich zusehen, wie ich es zustande brachte, ohne fremde Hilfe über die Mauer zu gelangen.

Neben der Verandatür, zwischen einem Benzinrasenmäher und mehreren Gartengeräten, halb verdeckt von einer blauen Plastikplane, die der Wind bewegte, stand das Gestell einer Hollywoodschaukel. Ich steckte die gestohlene Flasche in den Hosenbund, um die Hände frei zu haben, dann zerrte ich das rostige Relikt abendlicher Zweisamkeiten, klebriger Gefühlsduseleien und abgegriffener Sätze, die jemand zu jemandem sagt, mit viel Mühe zur Mauer, damit es mir als Leiter und Halt für meine Füße diene. Die Höhe des Gestells reichte aus, daß ich auf den Mauerkamm und somit auf diejenigen Stellen sehen konnte, die nicht mit Scherben gespickt waren. Ich grub die Fingernägel in den Mörtel und zog mich hoch. Dann saß ich fest. Denn das Knie konnte ich lediglich an der Mauerkante aufsetzen ohne Möglichkeit, es ausreichend zu belasten, und der Rückweg schreckte mich mehr als die Scherben, und Scherben ragten überall dort, wohin ich greifen mußte, um weiterzukommen. Der Wind blies über die Mauer und trieb mir Tränen in die Augen. Ich hatte das Gefühl, daß mir jeden Moment das Blut unter den Nägeln hervorspritzen müsse, und sah es kommen, daß sich die zuvor begangene Gemeinheit als völlig nutzlos erweisen werde, wenn ich aus dem Garten nicht hinauskam. In einem der klarsten Momente meines Lebens dachte ich daran loszulassen, zurück in den Garten zu fallen, für immer, mich mit dem alten Mann zu versöhnen, ehe er die Polizei alarmierte, und in dem Haus zu wohnen und den Garten zu pflegen und auf das nahe Meer zu lauschen. Das wäre besser (gewesen), als mich immer weiter vom großen Tor und meinen Plänen zu entfernen, die schon bald keine Substanz mehr besitzen würden, nur als Schatten auf meiner Seele, die im Periodensystem der Elemente nicht existiert (Ausdruck Ingenieur Kowalski). Stumm blickte ich in das teigige Gesicht des Direktors, in den ich so große Hoffnungen gesetzt hatte. Er stand unter mir, auf der anderen Straßenseite, seine entzündeten Augen ließen nicht von mir ab, verfolgten jede meiner Regungen mit gierigem Interesse und bettelten darum, daß ich ihm sage, ob meine Bemühungen erfolgreich waren. Ein physischer Ekel befiel mich (Ausdruck Frau Doktor Grüneisen), ein richtiger Abscheu vor dem, was mir seit meiner Abreise widerfahren war. Voller Zorn schloß ich die Augen. Gib auf, sagte ich zu mir, es reicht, es hat keinen Zweck, laß los, bitte, laß los.

Aber ich ließ nicht los, ich ließ mich nicht zurück in den Garten fallen, sondern folgte all dem, was ich schon verloren hatte und nochmals verlieren mußte, indem ich meinen Halt suchte, wo ich ihn brauchte, in den Scherben.

4 | Das Verschwinden

Die Sinnlosigkeit dieses Tages riß mich von der Mauer. Ich landete in den Armen des Direktors, der mich sogleich tätschelte und mit Fragen bedrängte. Ich wollte nicht gefragt und auch nicht getätschelt werden, jedenfalls nicht vom Direktor und schon gar nicht im Gesicht. Deshalb, damit er aufhörte, trat ich einen Schritt zurück, verbeugte mich, wie ich es oft vor dem großen Tor nach dem Erhalt von Münzen getan hatte, und zog die erbeutete Flasche aus dem Hosenbund. Indem ich die Flasche hervorholte, verwischte ich das Blut des alten Mannes mit meinem Blut, denn ich hatte mir an den Scherben der Mauer beide Hände zerschnitten und wollte verhindern, daß der Direktor über das Blut des alten Mannes nachzudenken begann. Bei genauer Betrachtung entschädigte mich die Möglichkeit, den Direktor zu täuschen und so das Täuschen zu erlernen, für die Verletzungen, die ich bezogen hatte. Sie gaben mir die Chance, meine Niedertracht zu verstecken und nicht den geringsten Argwohn zu erregen.

Der Direktor zögerte nicht, Segnungen über mich zu schütten. Für einen Augenblick glaubte ich, ihm kommen die Tränen oder er stehe kurz davor. Seine Lippen zitterten, seine Kiefer wurden hart, die Augen klein, und das Feuchte in den Winkeln war bedenklich. Aber er riß sich zusammen und verband meine Hände und mein rechtes Knie, das ebenfalls aus einer tiefen Wunde blutete. Dazu verwendete er Taschentücher, die er aus seiner Anzugsjacke zog. Zu Hause hatte ich immer Spinnweben verwendet, doch Spinnweben waren hierorts nicht zu finden. Es gab kein Gebüsch an der Straße. Auch diese Änderung verbuchte ich, wie so vieles, unter Verlust. Der Direktor schulterte das Akkordeon. Der Akkordeonspieler schulterte mich. Dann, endlich, verließen wir diesen Ort und gingen erschöpft, träge von den Ereignissen der letzten Stunden, Richtung Stadt und Hafen, wo man womöglich auf uns wartete. Wir gingen lange. Die Straße begann sich vor mir zu drehen. Das Schaukeln der mühsamen Schritte des Akkordeonspielers lullte mich ein. Ich hörte eine Sirene brüllen. Aber ich hörte sie in einem Zustand halber Bewußtlosigkeit. Ich hielt sie für die Sirene zum Schichtwechsel der Arbeiter im Bergwerk, und sie verband sich in meinem Gedächtnis mit den Schmerzen meiner Wunden, die jetzt frühere Wunden waren.

Ich schlief in einem Bett des Krankenzimmers in der Ordination Doktor Grüneisen. Ich lag dort in einem weißen Hemd in einem weißen Bett. Beim Aufwachen schaute ich zum Fenster, das mit leerem Himmel ausgefüllt war. Dumpfe Arbeitsgeräusche tönten vom Bergwerk und den Abraumhalden herauf wie durch dicken Mull. All die Dinge fielen mir wieder ein. Ich hörte einen Streit zwischen Herrn und Frau Doktor Grüneisen, auch die Schimpfwörter wie von strahlend weißem Mull umwickelt. Von dem anhaltenden Auf und Ab der Stimmen schlief ich wieder ein.

Einmal (was ist einmal) kletterte ich über den Zaun in den Garten der Villa des Ehepaars Doktor Kornatz und fuhr mit dem Karussell, das ich jetzt beschreibe. Es hatte fünf Farben, rot, grün, gelb, blau, braun. Es war rostig und quietschte. Seit die Kinder des Ehepaars Doktor Kornatz in der Stadt zur Schule gingen, fuhr niemand mehr damit, außer mir, wenn ich wußte, daß das Ehepaar Doktor Kornatz nicht zu Hause war und das Quietschen niemanden zu Ohrfeigen reizte (Ausdruck Badewärter Karras). Ich fuhr bis tief in die Nacht. Auf einem der Sessel sitzend, trieb ich das Karussell mit den Füßen an, stemmte die Füße für kurze Zeit gegen den Vordersitz und lehnte mich zurück, um den Himmel zu betrachten, seinen knarrenden Katzenbuckel und seine über mir sich drehenden Sterne. Wenn die Sterne stehenblieben, trieb ich das Karussell von neuem an. Doch irgendwann (was ist irgendwann) geriet ich mit den Füßen ins Hintertreffen und verklemmte das eine Bein so unglücklich zwischen Rasen und Karussell, daß die Knochen meines Unterschenkels krachten. Mit großer Mühe gelang es mir zu verhindern, daß ich zu Boden gerissen wurde. Ich zog mich auf den Sitz zurück. Das Karussell drehte sich noch eine Weile, langsamer werdend, dann stand es still.

Das Quietschen verstummte.

Die Blätter der Bäume raschelten.

Der Himmel knarrte.

Mein Unterschenkel schwoll an.

Ein kaltes Rinnsal glitt mir das Rückgrat hinunter.

Auch auf den Rippen spürte ich eine kühle Feuchte, und als ich das Bein am Boden aufsetzte, preßte der Schmerz Schreie aus mir heraus. Still! Sei bloß still! Also biß ich die Zähne aufeinander und ließ mich in den Rasen fallen. Dort lag ich und starrte in den Himmel, der sein Rückenhaar weniger deutlich sträubte als in anderen Nächten. Ich fühlte mich leer. Der Schmerz pulste im gebrochenen Bein. Ich wartete auf das Nachlassen des Schmerzes im Bewußtsein, daß ich alle Kraft benötigen würde, um zurück über den

Zaun zu klettern, raus aus dem Garten des Ehepaars Doktor Kornatz. Nach einiger Zeit zog ich die Schuhe aus und band sie mit den Schnürsenkeln an meine Hose. Meine bloßen Füße machten keine Geräusche, bloß in den Blumen, rein in die Blumen, Rascheln, Knacken. Still! Sei bloß still! Ich hüpfte weiter. Zum Glück war der Zaun nicht hoch. Ich überwand ihn, dann schleppte ich mich die Straße entlang zum großen Tor. Das dauerte Stunden, die halbe Nachtschicht lang. Aber die Nacht dauerte noch an, als ich das große Tor erreichte. Ich legte mich auf den schmalen Streifen zwischen Straße und Zaun, wo wir immer standen und auf Zuhörer warteten. Dort schlief ich ein. Und in einem großen weißen Bett wachte ich wieder auf. Das Klappern metallener Vorhangringe hatte mich geweckt.

Frau Doktor Grüneisen hatte das Klappern verursacht. Sie war gekommen, um mir die Stirn zu trocknen. Es gefiel mir, daß mir eine Frau die Stirn trocknete, und ich dachte, daß Dienstag oder Freitag sein müsse und daß Frau Doktor Grüneisen ihren Dienst in der Ordination ihres Mannes versah. Jetzt fiel mir auch ein, daß ich mir beim Anschieben des Karussells das Bein gebrochen hatte. Auch meine Schmerzen fielen mir ein. Aber sie waren nicht mehr so schlimm wie in der Nacht, als ich mich vom Karussell zum großen Tor geschleppt hatte.

Mein Bein war auf einem Gestell hochgelagert und festgebunden. Es steckte bis zum Oberschenkel in einem weißen Gips. So lag ich vier Wochen. Vier Wochen mit wechselnden Bettnachbarn. Vier Wochen ohne Besuch, umgeben von den Geräuschen der Ordination und den Geräuschen im Hof der Zeche. Manchmal, wenn das Fenster offen und der Wind günstig stand, siebte das Akkordeon durch den Zaun. Ich hörte Motoren im Hof, Schreibmaschinentippen (von der jungen Angestellten?) und das Lachen der Arbeiter auf dem Weg nach Hause.

6 Uhr: Das Lachen der Nachtschicht.
Vormittags: Das Lachen der Lieferanten und des Kantinenwirts.
14 Uhr: Das Lachen der Frühschicht und Aufräumerinnen.
17 Uhr: Das Lachen der Angestellten.
Abends: Das Lachen der Doktoren und Ingenieure.
22 Uhr: Das Lachen der Spätschicht.
Nachts: Das Bellen der Hunde und das Schreien der Bagger.

Der Himmel war unnütz. Der Regen fiel ohne mich. Es war, als stünde mein Leben still und warte mit Tagen, die ein Auszählreim sind, daß ich mich wieder an den gewohnten Plätzen einfinde, vor dem großen Tor, an den Küchentischen, am Tennisplatz, am grünschillernden Teich. – – Ich hätte immer so weitermachen wollen.

Während mich der Akkordeonspieler zurück zur Stadt trug, wünschte ich mir sehnlichst nur eins (Ausdruck Frau Berber), daß wieder (was ist einmal) jemand den Schweiß auf meiner Stirn trockne. Vielleicht die schöne junge Angestellte, die nie zu spät gekommen und von der nicht auszuschließen war, daß sie unterhalb der Rutsche gesagt hatte, daß sie mich liebe. Eines Morgens war sie ausgeblieben. Was ist irgendwann. Seither wußte ich nicht, wo sie sich aufhielt. Der Direktor wußte es. Bestimmt. Aber ich wollte keine Klarheit, nicht mehr, schon gar nicht von ihm, dem Direktor, von dem ich sie mir vor kurzem erhofft hatte. Lieber wollte ich, daß mich die Ungewißheit bis zuletzt verfolgt.

Der Direktor klopfte mir ermunternd auf den Rücken. Der Akkordeonspieler wankte von dem Schlag. Er wankte ohnehin. Seine Schritte auf dem Rückweg zur Stadt glichen einem verzweifelten Tanz. Der Direktor, im Gegensatz dazu, summte sorglos, zufrieden. Er summte, als ob ihn das Tragen des Akkordeons dazu ermächtige. Nach einer Weile, als er sich umdrehte und zum ich weiß nicht wievielten Mal auf den Akkordeonspieler wartete, der nicht Schritt halten konnte, sah ich, daß er seine frühere Sicherheit wiedergewonnen hatte. Eine unverschämte Leichtigkeit war in ihn eingefallen, grad so, als habe es weder das Grubenunglück noch die junge Angestellte je gegeben, als gebe es nichts zu betrauern. Er jubelte innerlich und war, weil er in der Belanglosigkeit des Getränks die Oberhand behalten hatte, zu jedem neuen Mut bereit. Obwohl es mittlerweile Nacht geworden war und die Durchlässigkeit des Raums etwas Beunruhigendes hatte, kehrte der Direktor nicht unverzüglich zum Hafen zurück, sondern betrat im Zentrum der Stadt eine Bar. Ich glaube, das Gefühl, jederzeit zum Schiff zurückkehren zu können, weil er die Flasche, nach der ihn so sehr verlangt hatte, in Händen hielt, gab ihm dazu die nötige Gelassenheit.

Der Akkordeonspieler folgte ihm, froh, sich setzen und ausruhen zu können. Es machte keinen Unterschied mehr. Der Akkordeonspieler warf mich auf die Bank eines freien Nischentisches. Er selber plumpste auf einen Stuhl, dem Direktor genau gegenüber.

Der Direktor bestellte Getränke und Essen. Er öffnete die gestohlene Flasche, auf der das angetrocknete Blut aussah wie die Flüssigkeit selbst, dann ließ er mit sicherer Geste einen Tropfen der Essenz in ein Glas Genever fallen. Der Tropfen wölkte sich in Spiralen. Der Direktor rührte mit dem kleinen Finger der Rechten um. Er schwenkte das Glas und nahm den ersten Schluck mit genießerischem Behagen, in einem überwältigenden Triumph. Er stellte das Glas beiseite. Er schmatzte mit leerem Mund, drehte die blutverschmierte Flasche, an der bald noch mehr Blut kleben würde, zwinkernd in den Händen und tätschelte sie wie ein Idol. Anschließend verschlang er sein Essen mit einer Gier, von der meine Augen nicht ablassen konnten. Ich schaute ihm die ganze Zeit zu. Ich mußte ohnehin warten, bis der Akkordeonspieler zu Ende gegessen hatte, denn die schlechten Taschentücher des Direktors hatten sich mit den Wunden an meinen Händen verklebt, so daß ich die Finger nicht ausreichend bewegen konnte und darauf angewiesen war, daß der Akkordeonspieler mein Essen zerkleinerte und mir die Gabel führte. Wenn es dem Akkordeonspieler einfiel, einen Bissen für mich aufzuladen, öffnete ich mit auf dem Tisch liegenden Händen den Mund. Manchmal, wenn ich im Begriff war zu schlucken oder bereits geschluckt hatte, nickte ich dem Akkordeonspieler zu. Ich riß sogar den Mund auf, damit sich der Akkordeonspieler einen Reim darauf machen konnte (Ausdruck des Untersuchungsbeamten). Aber er reagierte nicht darauf. Die meiste Zeit beobachtete er vier Frauen, die an der Bar saßen und sich mit Unsinn vergnügten.

Ich beschreibe den Unsinn. Die Frauen hatten ein Glas mit in Papier verpackten Strohhalmen vor sich. Sie öffneten die Hüllen am unteren Ende, knickten die oberen Enden der Hüllen und befeuchteten die geknickten Enden mit Speichel. Dann bliesen sie die Hüllen mit Hilfe der Trinkhalme und Lippenstiftmünder zur Decke, wo die

Hüllen dank des abendlichen Frauenspeichels hängenblieben. Nur wenige Papierhüllen fielen sofort wieder herunter. Die Decke über der Bartheke war mit Dutzenden schlaff baumelnder Papierstreifen gespickt. Sie gaben dem Abend etwas zusätzlich Trostloses. Jedenfalls für mich. Nicht für andere. Die Frauen lachten, und als der Direktor merkte, daß wir zu den lachenden Frauen schauten, spendierte er ihnen grüne Cocktails. Die Frauen drehten sich um, damit sie auf uns anstoßen konnten. »Zum Wohl!« Erst jetzt erkannte ich eine der Serviererinnen vom Schiff. Doch ihr Gesichtsausdruck gab keinerlei Erkennen zurück. Sie drehte sich auch kein zweites Mal um, obwohl der Direktor weitere Runden spendierte, einmal auch für die Männer, die sich für wenige Minuten in dem Lokal aufhielten, den Frauen Küsse abverlangten und ihnen an die Brüste griffen. Ich glaube, der Direktor wußte, daß er Besatzungsmitglieder des Schiffs vor sich hatte. Solange Besatzungsmitglieder an Land waren, bestand kein Anlaß zur Befürchtung, die Auskunft Frau Doktor Grüneisens, die gesagt hatte, der Aufenthalt werde vierundzwanzig Stunden dauern, könnte allzu vage gewesen sein.

Entspannt lehnte sich der Direktor zurück.

Ich empfand Haß gegen ihn. Ich betete um Erlösung (Ausdruck Arbeiter Equatore) und weinte still in mich hinein. Der Direktor glaubte, daß ich wegen meiner Wunden weine. Aber ich weinte vor Zorn, in dieser Bar zu sitzen, obwohl ich in einem Bett liegen wollte. Ich weinte, weil ich mich fragte, was ich hier machte, was mich das alles anging und wer mich in diese Stadt und in diese Situation gebracht hatte. Ich weinte, weil ich nicht einsehen wollte, daß das Einmal und das Irgendwann hier Station machten.

Der Direktor bestellte Schnaps, der mir guttun sollte.

Der Akkordeonspieler trank den Schnaps. Wenig später warf er Münzen in die Musikbox und betrachtete im Vorbeigehen die Rücken der cocktailtrinkenden Frauen. Es waren bestimmt schöne Rücken, mit Furchen, die zwischen die Hinterbacken liefen, wo in der Schwimmschule die Badeslips den Frauen mittels enger Gummis gerippte Bänder in die zarte Haut drückten. Der Akkordeonspieler ging zur Musikbox zurück, sowie deren Leuchttasten erloschen waren. Dann blieb er mit einemmal sitzen, obwohl er noch jede Menge Münzen in seinen Hosentaschen haben mußte. Aber die Papierhüllen der Trinkhalme waren verbraucht. Sie baumelten von der Decke, krümmten sich am Boden in Getränkepfützen. Die vier Frauen hatten die Bar ohne Gruß verlassen.

Ich glaube, wir hätten ihnen folgen sollen, wenigstens, um in Erfahrung zu bringen, ob sie zum Schiff zurückkehren oder nur das Lokal wechseln wollten. Egal, es war mir egal, ich kümmerte mich nicht mehr um diese Dinge. Die Antworten auf meine Fragen interessierten mich nicht mehr. Wir blieben, so oder so. Nach einiger Zeit trat ohnehin Frau Doktor Grüneisen in das Lokal und setzte sich zu uns. Sie nahm meinen Kopf in ihren Schoß, und solange sie dem Direktor den beschämenden Zusammenhang vorhielt, den sie zwischen dem Blut auf der Flasche und meinen verbundenen Händen hergestellt hatte, wischte sie mir den Schweiß von der Stirn. Das war ein unverhofftes Glück.

Aber später galt ihre Aufmerksamkeit zur Gänze dem Bemühen, den achselzuckenden Direktor zu überreden, daß er ihr helfe, das Kindermädchen vor einer Dummheit zu bewahren.

Am Vormittag sei das Kindermädchen in Begleitung

des ehemaligen Wäschereibetreibers zu einem Ausflug aufgebrochen und bisher nicht zurückgekehrt. Trotz des hochheiligen Versprechens beider, zeitig zurück zu sein, habe das Kindermädchen eine Verspätung von mehreren Stunden zustande gebracht, was ihr, Frau Doktor Grüneisen, Anlaß gebe, eine Unüberlegtheit zu befürchten. Sie differenzierte diese Befürchtung nicht. Ich wußte (weiß) jedoch, daß das Wort *Unüberlegtheit* in einem Sinn gebraucht war, der einschließt, daß jemand zu jemandem abgegriffene Sätze sagt, die kopflos machen, blind und dergleichen verfängliche Dinge mehr. Das weckte meine Neugier und stachelte meine Talente an.

Ich beschreibe das Kindermädchen. Beim Tanz auf dem Schiff trug sie ein weiß auf Blau geblümtes Kleid. Die Blumen drehten sich in den Armen des Armausrenkers, bis das Kindermädchen vom aufgewirbelten Roststaub niesen mußte. Sie lachte; wie schon in der Nacht zuvor, als sie sich mit Hans Ohm, dem ehemaligen Wäschereibetreiber und Nasenzertrümmerer, an Deck getroffen hatte. Hans Ohm hatte seinen dicken Arm um ihre Schultern gelegt und von seinen Reisen als Ringkämpfer erzählt. Einmal war seine Hand zum Hintern des Mädchens gewandert. Dort war die Hand für einige Zeit untätig geblieben. Dann, plötzlich, hatte der Nasenzertrümmerer durch das Kleid hindurch die Unterhose des Kindermädchens schnellen lassen, was das Mädchen zum Lachen gebracht hatte. Ein offenes und immens glückliches Lachen. Welcher Effekt! Welche simple Methode! Ich hatte bisher keine Vorstellung gehabt. Keine Vorstellung! Daß ich auf dem Dach der Schiffskanzel lag und nicht gefunden wurde, hatte endlich etwas Gutes. Chapeau! (Ausdruck Buchhalterin Kreisler). Ich beneidete den Armausrenker um seine Fähigkeit, junge Mädchen durch das Schnellenlassen einer Unterhose zum Lachen zu bringen. Ich wartete, daß er das erfolgreiche Schnellenlassen der Unterhose wiederhole. Und: daß das Mädchen nach einer weiteren Kostprobe ihres Lachens sage, was in solchen Situationen nicht abwegig ist, gesagt zu werden, um gewissen seelischen und fleischlichen Glückszuständen Ausdruck zu verleihen. Ich spürte, daß ihr der Armausrenker gefiel. Jedoch: sie streichelte ihm die Hose im Schritt und küßte ihn wortlos. Er duldete es, und nach einiger Zeit, ich glaube, weil er sie um ein gutes Stück überragte, setzte er sie mit Hilfe seiner starken Arme auf die Reling. Das Kindermädchen schlang seine Arme um seinen dicken Hals, lehnte sich weit zurück, daß ich fürchtete, sie müsse ins Meer fallen und verschwinden, und tatsächlich sagte sie, er solle vorsichtig sein. Schon schlang sie auch ihre Beine um den Armausrenker, um dessen wassersüchtige Ringerhüften, und in dieser Position schaukelten die beiden vor und zurück. Das Lachen, das damit einherging, war wenig mehr als ein Kichern und der Reaktion auf das Schnellenlassen der Unterhose, die das Kindermädchen mittlerweile nicht mehr trug, weit unterlegen. Deshalb faßte ich den Entschluß, mir vor allen Dingen das Schnellenlassen der Unterhose für später zu merken. Denn später wollte ich ebenfalls Unterhosen schnellen lassen, Turnhosen, Badehosen. Jetzt. Ja. Los. Nein, natürlich nicht. Nicht mehr. Natürlich. Schade. Einen Augenblick lang war es mir so vorgekommen. Ich hatte es versäumt. Ich hatte so vieles versäumt. Ich wollte es nachholen. Wir wollen alle so vieles nachholen. Später. Vielleicht. Ob sich mir die Möglichkeit (was ist irgendwann) bieten wird? Was ist passiert? Schöne junge Angestellte? Wartest du auf mich? Schlägst du wie das Kindermädchen dieses seltsame Eiweiß zwischen den Fingern zu Schnee? Fällt der Schnee über dem Kirchenvorplatz? Fährt die erste Straßenbahn? Wo sind wir?

Wir traten aus der Bar. Der Mond hatte die Straßenseite gewechselt. Wir nahmen ein Taxi. Der Fahrer fragte, wohin wir wollten, und der Direktor sagte, der Fahrer solle uns der Reihe nach zu allen Bars und Hotels am Strand chauffieren. Der Direktor saß vorne. Ich saß hinten, zwischen dem Akkordeonspieler und Frau Doktor Grüneisen, und dabei genoß ich das Privileg, an Frau Doktor Grüneisens Seite zu lehnen. Ich spürte die Bewegungen ihrer Rippen, wenn sie atmete, und manchmal, in den Kurven, die Nachgiebigkeit ihres Busens. Das kam mir vor wie etwas, das ohne Schuld ist. Der Griff meines Gewissens lockerte sich (Ausdruck Arbeiter Ban). Die Müdigkeit, begünstigt von der Schwere des Parfüms, das Frau Doktor Grüneisen verwendete, fiel in mich zurück. Ich hatte das Gefühl, in einen Traum zu fahren. Die Farben der Lichter wechselten. Der Akkordeonspieler exekutierte ein Kinderlied, indem er es in seine Bestandteile zerlegte. Das Taxameter tickte. Ich verwendete allen meinen Mut und suchte eine Hand. Die Hand erwiderte meinen Druck. Frau Doktor Grüneisen beugte sich vor zum Chauffeur: »Fahren Sie schneller!« sagte sie, »in drei Stunden müssen wir zurück am Schiff sein. Wenn Sie in diesem Tempo weiterfahren, kommen wir zu spät.« Sie wiederholte es: »Zu spät.« Zu spät, zu spät. Diese Worte, die als Verhängnis über uns lasteten, setzten sich in meinem Gehirn fort wie die oft gehörte, in sich kreisende Melodie des Akkordeons. Zu spät. Ich mußte an Frau Berber denken, die dasselbe so oft gesagt hatte, wenn sie mit der Verspätungsliste in der Hand aus dem Portierhaus getreten war: Zu-spät-mein-

Liebster-zu-spät-zu-spät-was-haben-wir-diesmal-für-eine-Ausrede-fällt-uns-womöglich-eine-neue-ein?

ARBEITER MOSIG, vier Minuten Verspätung.

Egal, welche Schicht, ob Anfang oder Ende der Woche, ob Sommer oder Winter, ob ich zu Hause bin oder unterwegs, ob es regnet und die Pfützen zu den Knöcheln steigen oder die Hitzestäubchen vor den Augen verglimmen, ich laufe immer Gefahr, mich zu verspäten. Dabei bin ich ein äußerst gewissenhafter Mensch. Kopien meines Dienstplans hängen im Bad neben dem Spiegel, in der Küche am Kühlschrank und an der Innenseite der Schlafzimmertür. Aber ich schlafe nicht nur im Bett. Ich kann überall schlafen. Und ich finde überall eine Beschäftigung. Es gibt so unendlich viel zu tun. Mir ist es ein Rätsel, wie andere mit ihrer Zeit zurechtkommen. Meine Tage reichen nirgendwohin. Ich muß die Betten lüften, mich duschen, waschen, Zähne putzen, die Zahnzwischenräume mit Zahnseide säubern. Ich muß mich rasieren, das Waschbecken auswischen, Frühstück machen, ein Brot zum Mitnehmen belegen. Ich muß Geschirr wegräumen, abspülen, das Abwaschbecken mit Essig reinigen. Ich muß mich anziehen, die Kleider bürsten, meine Frisur richten. Ich muß mir Haare aus den Brauen zupfen, aus der Nase, aus den Ohren. Da fällt mir ein, daß ich vergessen habe, ein Brot aus der Gefriertruhe zu nehmen, damit ich, wenn ich nach Hause komme, etwas zum Essen habe. Die Pfandflaschen muß ich zum Laden tragen. Das bedeutet, es fällt ein Umweg von zweihundert Metern an. Ich muß das Fahrrad nehmen, sonst komme ich unweigerlich zu spät. Ich muß den Reifendruck prüfen. Ich sollte vorsichtshalber pumpen. Ich finde die

Wäscheklammer nicht, die verhindert, daß der Saum meines rechten Hosenrohrs am Kettenschutz reibt. Da fällt mir ein, daß eine andere Hose in der Reinigung und heute abzuholen ist. Ich renne zurück in die Wohnung. Ich muß eine Wäscheklammer und den Zettel für die Reinigung finden. Nach Ende der Schicht werde ich die saubere Hose auslösen, das erfordert Geld. Ich muß überprüfen, ob ich genügend bei mir habe. Fehlt noch die Wäscheklammer. Ich finde sie in der letzten Schublade, die in Frage kommt. Ich laufe nach draußen. Jetzt muß ich die Tasche mit den Pfandflaschen wieder vom Gepäckträger zerren, denn der Umweg zum Laden geht sich nicht aus. Ich stelle die Tasche auf den Platz, wo das Fahrrad gestanden ist, schnalle das belegte Brot auf die Lenkstange und bringe die Wäscheklammer am Hosenrohr an. Dann schwinge ich mich auf das Fahrrad und trete mit aller Gewalt in die Pedale, bis das Fahrrad einigermaßen auf Touren gekommen ist. Erst jetzt gestatte ich mir einen raschen Blick auf die Armbanduhr und erkenne, daß ich trotz meiner Bemühungen, rechtzeitig beim großen Tor zu sein, auch heute zu spät kommen werde. Was soll ich bloß tun? Wie soll ich das Lächeln der Portierfrau ertragen, die ich insgeheim liebe? Wie die hämischen Blicke der Kollegen?

ARBEITER BAN, zweiundvierzig Minuten Verspätung.

Paul Ban kannte ihren Mann von der Arbeit. Zwar gehörte ihr Mann nicht zum selben Trupp wie er, Paul Ban, doch da ihre Namen im Alphabet direkte Nachbarn waren, waren auch ihre Spinde und ihre Handtücher direkte Nachbarn. In der Siedlung wohnten sie zwei Straßenzüge voneinander entfernt. Trotzdem tauschten sie gelegentlich förmliche Einladungen, Tips für den Garten und ausgefallenes Werkzeug. Einmal hatte ihm der alphabetische Nachbar ein ganz außerordentliches Heft aus Dänemark und ein Aktfoto seiner Frau gezeigt. Es war auch vorgekommen, daß sie anläßlich wichtiger Turnbewerbe gemeinsame Fernsehabende verbracht hatten. Zwar hielt sich Paul Bans Begeisterung für den Turnsport in Grenzen, aber er besaß den größten Fernseher in der Siedlung und keine Familie, die auf das Programm eines anderen Kanals hätte Anspruch erheben können. Paul Ban lebte allein. Er hatte kein Glück gehabt und den Ehrgeiz, ein spätes Glück zu finden, im Laufe der Jahre verloren. Immer seltener fand er sich bereit, die Anstrengung aufzubringen, sich zu verlieben. Noch seltener fand er den Mut, sich seine Verliebtheit einzugestehen. Er besaß ein intensives Bedürfnis nach Ruhe, für einen Menschen seines Schlags nur natürlich. Enttäuschungen hatte er schon zu viele erlebt. Das war auch der Grund, weshalb er nur widerwillig zusagte, als ihn sein alphabetischer Nachbar einlud, mit zum Baden zu kommen. Er wußte, daß auch die Frau des alphabetischen Nachbarn mit von der Partie sein würde und daß die Verbindung von Hitze und ausgelassenem Lachen seine Phantasie heftiger in Bewegung setzen würde, als ihm recht sein konnte. Er hatte sich seiner Zuneigung zu dieser Frau schon mehrmals erwehren müssen und fühlte sich durch die Aussicht, daß ihm ein weiteres Mal bevorstand, empfindlich gestört. Auf dem Weg zu einer schwer zugänglichen Stelle des Flusses, wo der Fluß eine Kurve machte und an seinem inneren Bogen eine Sandbank zurückgelassen hatte, blieb Paul Ban einsilbig. Er trug mehrere Taschen und schaute der Frau seines alphabetischen Nachbarn zu, die abseits des getrampelten Wegs mit einem Stecken Blumen köpfte. Sie lachte bei jeder Blüte, die in hohem Bogen von ihrem Stengel flog, und erzählte von Freundinnen, die zu dumm seien, sich ihre Schwangerschaften so einzurichten, daß die schönsten Monate des Jahres von dicken Bäuchen verschont blieben. Sie sagte, sie liebe es, im Bikini zu sein. Aber in Wirklichkeit trug sie die halbe Zeit nur eine Badehose. Der Anblick ihres nackten Busens veranlaßte Paul Ban, mehrmals flußaufwärts zu schwimmen und einige Zeit allein zu sein. Wenn er sich von der Strömung zurück zu der Sandbank treiben ließ, sah er den direkten alphabetischen Nachbarn schon von weitem an der halbnackten Ehefrau herumküssen. Damit die beiden auf ihn aufmerksam wurden, strampelte Paul Ban kräftig mit den Beinen und stieß Seufzer des Wohlbehagens aus, die weit zu hören waren. Das nützte. Aber Paul Ban bedauerte seinen Erfolg ebenso wie er ihn herbeigesehnt hatte, denn natürlich beneidete er seinen alphabetischen Nachbarn und sehnte sich danach, ebenfalls Brüste zu küssen, die von fröhlichem Kichern bebten. Er malte sich aus, was für ein anderer Mensch er wäre, wenn in solchen Momenten, beim Küssen des Busens, die betreffende Frau zu ihm sagte, daß sie ihn liebe. Diese Vorstellung verwirrte ihn, weil er mit einemmal glaubte, in seinem Leben ein paar wesentliche Dinge falsch gemacht zu haben. Er stopfte seine Badesachen in die Tasche und sagte, daß er an diesem Tag Spätschicht habe. Das stimmte sogar. Doch daß er sich bereits jetzt auf den Heimweg machte, war damit ungenügend erklärt, egal, er wollte bloß weg und hastete den steilen Hang hinauf, den ersten Bäumen entgegen. Doch oben angelangt, im schützenden Schatten, hielt er inne und schaute voller Verbitterung zurück auf die Sandbank, auf die Biegung des Flusses, wo die Frau seines alphabetischen Nachbarn mit kräftigen Zügen zur Mitte des Flusses schwamm. Als sie untertauchte, begriff Paul Ban, daß er den ganzen Tag über gestört hatte, denn für einen Augenblick ragte ihr nackter und nicht sehr weißer Hintern aus dem Grün. Paul Ban spürte ein Schnüren im Hals. Er wollte davonlaufen. Aber er schaffte es nicht. Er konnte sich vom Anblick der nackten Frau nicht lösen, bis die Frau nach gut eineinhalb Stunden in ihre Kleider schlüpfte. Dann, endlich, rannte Paul Ban davon, so schnell er konnte. Zweige schlugen ihm ins Gesicht. Aber das machte ihm nichts aus, denn plötzlich war ihm jede Sekunde kostbar, als würde jede wiedergewonnene Sekunde eine Sekunde dessen auslöschen, was er gesehen hatte.

Sein Name, Paul Ban, das Datum und das Ausmaß der Verspätung würden auf der wöchentlichen Verspätungsliste in den Umkleideräumen ausgehängt und von jedermann nachzulesen sein. Paul Ban schämte sich schon im vorhinein, denn auch auf der Verspätungsliste stand sein Name unmittelbar neben dem seines alphabetischen Nachbarn.

ARBEITER VICHTONEN, zehn Minuten Verspätung.

Kurz bevor er die Wohnung verlassen wollte, begann sie im Schlafzimmer zu stöhnen. Sie hatte schon seit Monaten nicht mehr mit ihm geschlafen und sich während dieser Zeit angewöhnt, es sich ganz ungeniert alleine zu machen. Für eine Weile stand er regungslos vor seinem halbfertigen Brot und horchte. Er hatte ihr heftiges Stöhnen von Anfang an gemocht, und er dachte an früher, als es ihn stolz gemacht hatte zu wissen, daß die Nachbarn neidisch wurden, wenn er und seine Frau bei offenem Fenster miteinander schliefen. Ganz allmählich hatte er sich angewöhnt, das Fenster absichtlich offen zu lassen, und dieser Hochmut fiel jetzt auf ihn zurück, weil die Nachbarn in der Siedlung unweigerlich merken mußten, daß die Frequenz seines Ehelebens dramatisch nachgelassen hatte. Früher war es nahezu jeden Tag passiert. Heute reichte es seiner Frau zweimal in der Woche, und sie kam ohne ihn aus. Der einzige Trost vor den Nachbarn war, daß ihm seine Frau das Zugeständnis machte, das Fenster in seiner Abwesenheit zu schließen, es in seiner Anwesenheit jedoch offen zu halten. Wenn er zu Hause war und seine Frau in einem der anderen Zimmer stöhnen hörte, setzte er sich hin, am liebsten an den Küchentisch, und wartete, bis sie fertig war. Nach weiteren fünf Minuten stellte er sich an ein günstig ausgerichtetes Fenster und knöpfte sich sehr langsam das Hemd zu, wobei er so tat, als ob er sich mit jemandem unterhalte, der hinter ihm stehe. Das war zwar keine Lösung, aber es half über den Moment hinweg und war ein kleiner Triumph, weil seine Frau nichts davon wußte und ihn in den Augen der Nachbarn weiterhin mit der Leidenschaft liebte, mit der sie ihn früher geliebt hatte. Das bedeutete ihm viel, genaugenommen alles, denn er liebte sie noch wie zu der Zeit, als sie glücklich gewesen waren. Er schmierte sein Brot zu Ende, schmierte, da er Zeit hatte, noch je ein Brot für den Akkordeonspieler und den Kleinen. Anschließend setzte er sich an den Küchentisch, widerwillig wie schon lange nicht mehr, weil er es nicht mochte, wenn er zu spät zur Arbeit kam. Aber was tun in so einem Fall? Besondere Umstände, sagte er zu sich, was will man machen, besondere Umstände. Während das Stöhnen seiner Frau an Heftigkeit zunahm, öffnete er seinen Gürtel und die Senkel seiner Schuhe. Gleich mußte sie am Höhepunkt anlangen. Sie zögerte ihn hinaus. Jetzt komm schon, dachte er. Komm endlich, sagte er halblaut in ihre spitzen Atemzüge hinein und fühlte sich fremd in dieser Küche, die ihn schon ganz anders erlebt hatte. Was hatte diese Frau aus ihm gemacht? Komm schon. Was war nur passiert? Ihr Stöhnen lief in einen Seufzer aus. Endlich. Er war froh, froh für sich, wartete noch eine Minute. Schon sprang er zur Tür und schloß, bereits im Freien, seinen Gürtel. Kurz drehte er sich zurück in den Flur und rief lauthals: Ich dich auch! Dann warf er die Tür ins Schloß und stolperte mit offenen Schuhen zu den Fahrradständern.

AUFRÄUMERIN HUHTANEN, fünf Minuten Verspätung.

Hör zu, heute habe ich Zeit, ich bin zu früh dran, wie meistens. In all den Jahren bin ich nur einmal zu spät gekommen. Danach habe ich mich nicht wieder verrückt machen lassen. Alle meine Bekannten freuen sich, daß ich trotz der vielen Bürden, die mir Otto aufhalst, ein anständiger Mensch geblieben bin. Sie sagen, ich sei noch immer die alte, Gunna Strouhal, so habe ich früher geheißen und würde besser immer noch so heißen. Ich bin hier geboren. Mein Vater war der Bergarbeiter Anton Strouhal, meine Mutter die Aufräumerin Margarete Strouhal, geborene Belisch. Ich bin in die Schule gegangen und habe die Staatsprüfung für Französich gemacht. Dann habe ich zwei Jahre in der Stadt unterrichtet, bis Französisch vom Lehrplan gesetzt wurde. Die nächste Zeit war ich Kindermädchen bei der Familie Westergaard, deren älteste Tochter den Herrn Doktor Kornatz geheiratet hat. Die Jahre dort waren die schönsten Jahre meines Lebens. Beim Abschied haben sie alle geweint und meine Hände geküßt. Hätte man mir so viele Banknoten zugesteckt, wie ich von den vornehmen Menschen Handküsse bekommen habe, hätte ich mich nicht sofort nach etwas Neuem umsehen müssen. So aber bin ich hierher zurückgekehrt und habe Arbeit als Aufräumerin angenommen. Noch im selben Jahr habe ich Otto Huhtanen geheiratet, der heute Nachtschicht macht und gleich nach Hause gehen wird. Sag ihm, daß das Essen auf dem Herd steht. Kinder sind keine gekommen, was mir recht ist, weil ich keine Kinder eines Windbeutels großziehen will. Ich meine es, wie ich es sage. Anderthalb Jahre nach der Hochzeit ist Otto für vier Wochen zur Kur gefahren. Ich vermißte ihn, sein fröhliches Gewieher, und freute mich über jede Nachricht. Aber während dreier Wochen kamen lediglich zwei Postkarten, auf denen nicht mehr als unsere Adresse und seine Unterschrift standen, beides schlecht leserlich; von der Schule war ich Besseres gewöhnt. Trotzdem öffnete ich den Postkasten auch während der vierten Woche mit zittrigen Knien, morgens oder abends, je nachdem, wie schnell der Postbote unterwegs war. Am Morgen, wenn mich die Post verpaßt hatte, wußte ich nicht, ob ich enttäuscht sein oder mich auf den Abend freuen sollte. Es kam ohnehin nichts. Aber Ende der vierten Woche, als Ottos Kur schon so gut wie vorbei war, lag in der Früh ein Paket vor der Tür, das nicht in den Postkasten gepaßt hatte. Ich ging zurück in die Wohnung voller Freude, daß ich für mein langes Warten entschädigt wurde. Auf dem Küchentisch öffnete ich das Paket. Ich wollte mir ausmalen, was ich geschenkt bekam, aber in der Vorfreude fiel mir nichts ein. Hastig entfernte ich das in die Schachtel gestopfte Zeitungspapier. Dann kamen Ottos Wanderschuhe zutage. Das konnte ich nicht verstehen. Weshalb schickte Otto seine Wanderschuhe voraus, wo er zwei Tage später selber nach Hause kommen mußte? Schade um das Porto. Schade um das Geschenk. Ich nahm die Schuhe heraus und stellte sie auf den Tisch. Unter den Schuhen lag ein Briefkuvert. Es trug Ottos Namen, aber in meiner Verwirrung riß ich es trotzdem auf und las. Die Kurverwaltung gab diversen Hoffnungen bezüglich Ottos Aufenthalt und Heimreise Ausdruck, er habe seine Wanderschuhe unter dem Bett vergessen, die man ihm hiermit hinterherschicke.

Ich dachte nach, was das zu bedeuten hatte. Dieser niederträchtige Lumpenhund, sagte ich dann. Dieser Lügner. Dieser Hurensohn. Ich warf seine Schuhe gegen den Küchenkasten, setzte mich an den Tisch und weinte. Deshalb kam ich zu spät zur Arbeit. Nie davor und nie danach bin ich zu spät zur Arbeit gekommen, Frau Berber kann es bestätigen.

FÖRDERBANDWART BAROTHY, vier Minuten Verspätung.

Der Förderbandwart Barothy ist nicht mehr der Jüngste. Vor ein paar Jahren hat er sich noch auf die Pensionierung gefreut. Aber man soll sich halt nicht freuen. Mittlerweile wäre es ihm lieber, er hätte noch zwanzig Jahre Arbeit vor sich, denn ihm ist allzu deutlich geworden, daß man ein alter Kerl sein muß, um die Pensionierung zu erreichen. Eine Augenallergie, Kreislaufstörungen, manchmal gefühllose Füße, daß er die Stabilität verliert. Außerdem hat er Stimmbandsklerose mit ständiger Heiserkeit. Doktor Grüneisen sagt, das seien dem Alter entsprechende gesundheitliche Einbußen. Danke. Der Förderbandwart muß zusehen, daß er nicht auch noch Depressionen bekommt.

Seine Nerven sind ganz heruntergekommen. Seit zwei Wochen ist auch das Ekzem, das er bereits im Vorjahr an den Fingern hatte, wieder da. Von den Fingern ausgehend, ist es diesmal herumgewandert, und jetzt hat er es im Gesicht. Ein unerfreulicher Anblick. Er möchte nicht einmal zu Hause bleiben. Derzeit ist er, auch in Zusammenhang mit dem Ekzem, so müde und irgendwie verödet, daß er seine Frau erst recht nicht erträgt. Lieber halb draufgehen bei der Arbeit und so tun, als würde man sich für die Grube zerreißen. Ist ihm doch egal. Er nimmt auch die Medikamente nicht regelmäßig. Nur dem Ekzem im Gesicht schenkt er einigermaßen Beachtung. Er will es, um sich dumme Bemerkungen von seiten der Kollegen zu ersparen, überschminken, das hat sich am Vortag bewährt. Er steigt ins obere Stockwerk und geht ins Badezimmer. Viel Zeit hat er nicht. Ganz schön zugerichtet schaut er aus. Er öffnet den Schminkkoffer. Aber die Puderdose, die er am Vortag verwendet hat, ist nicht mehr da, auch nicht im zweiten Fach, wo sich lediglich Briefe befinden, die seiner Frau aufhebenswert sind. Der Sicherheit halber sucht Barothy auch dort und stellt fest, daß auf einigen Kuverts noch Briefmarken sind. Verwunderlich, weil seine Frau Briefe immer nach dem Mittagessen öffnet und ihm die Kuverts reicht, damit er, während sie liest, die Marken herunterschneiden kann. Er schaut auf den Absender und begreift, daß die Briefe von ihm sind. Jahre muß das hersein. Er nimmt eine Fingernagelschere, schneidet die Briefmarken herunter und steckt sie ein. Dann beginnt er zu lesen. An die Schöne vom Löschteich, geliebte Geliebte. Er hält inne, fünfzehn Jahre, fast zwanzig. Ihn befällt ein richtiger Widerwille. Alles nicht mehr wahr. Geliebte Geliebte. Er überfliegt einen zweiten Brief. Ich ende hier schriftlich und schaukel Dich noch länger im Herzen, Du weißt, daß ich Dich über alles. Er steckt den Brief kopfschüttelnd in das Kuvert zurück. Alles nicht mehr wahr. Er hat jetzt andere Sorgen. Auf der Suche nach etwas, mit dem er das Ekzem überschminken kann, wirft er das ganze Schminkzeug durcheinander. Mehr als fünfzehn Jahre, denkt er, fast zwanzig. Er bemalt das Ekzem mit einem hautfarbenen Lippenstift, den er anschließend einsteckt. Alles übrige schmeißt er in den Schminkkoffer zurück. Du weißt, daß ich Dich über alles. Er schüttelt neuerlich den Kopf und bleibt noch kurz im Badezimmer stehen. Ihm ist klar, daß er zu spät kommen wird. Aber er hat keine Eile. Ist ihm doch egal. Er steigt langsam die Treppe hinunter und hofft, seiner Frau nicht zu begegnen.

ARBEITER EQUATORE, eine Stunde, zwölf Minuten.

Zu viel leerer Himmel. Nino Equatore hatte es seiner Frau bereits gesagt, als sie ihm das Puzzle geschenkt hatte. Der Himmel sei zu leer, zu viel, zu blau. Mehrere Tage mühte er sich ab. Die drei Fördertürme, auch sie ein hartes Stück Arbeit, standen längst in einer kargen Geröllandschaft, die eisernen Verstrebungen von einem tiefblauen Himmel skelettiert. Doch abseits der Verstrebungen, wo die Verstrebungen den Himmel nicht mehr zusammenhielten, zerfiel derselbe Himmel in vierhundertvierundachtzig über den Tisch verstreute Teile gleichmäßigen Blaus. Das war Betrug. Denn aus langjähriger Erfahrung im Legen von Puzzlebildern und als aufmerksamer Beobachter der tatsächlichen atmosphärischen Erscheinungen wußte der Arbeiter Equatore, daß der Himmel über dem Horizont nie dieselbe Farbe besitzt wie am Zenit. Über dem Horizont ist die Farbe immer blasser, und sei es nur um einen Hauch. Deshalb wurde Nino Equatore das Gefühl nicht los, daß man sich über ihn lustig machte. Er wollte nicht, daß sich jemand über ihn lustig machte. Er wollte diesem allzu leeren Himmel beikommen. Der Rahmen des Puzzles und somit des Himmels war in kurzer Zeit gelegt. Aber es gelang dem Arbeiter Equatore nicht, an irgendeiner Stelle zur Mitte des Himmels vorzudringen, in den Kern dieses Bollwerks hinein. Denn von der Schnittstelle der Himmelskoordinaten aus wollte er den Küchentisch mit Blau überfluten. Er probierte Dutzende Varianten, blieb jedoch immer wieder stecken und mußte jedesmal einsehen, daß sein Fortschritt einem toten Gang in einem Labyrinth oder einem verzweigten Bergwerk ähnelte – was auf dasselbe hinauslief. Kurzum, der Überdruß gewann die Oberhand. Selbst in den raren Momenten, in denen der Arbeiter Equatore zum Fenster hinausschaute, um sich zu entspannen und neu zu sammeln, spürte er Anflüge von Zorn, weil er in dem Fensterausschnitt bestätigt fand, daß kein Himmel eine solche Gleichmäßigkeit besitzt wie der Himmel des Puzzles, das er von seiner Frau geschenkt bekommen hatte. Er ging zurück zum Tisch. Er wanderte mit einem beliebigen Teil des Himmels die Ränder des Lochs ab, aus dem das eichengemaserte Furnier des Tischs klaffte. Nach zwei Tagen konnte er sich nichts Häßlicheres mehr vorstellen als einen Himmel aus eichengemasertem Furnier. Er haßte diesen Himmel, der aussah wie die Oberfläche eines Küchentischs und in Wirklichkeit nichts anderes war. Also ging er später als gewohnt zu Bett. Er wurde fahl im Gesicht, vernachlässigte seine Frau. Er kümmerte sich nicht mehr darum, ob sie neben ihm lag. Mitten in der Nacht stand er auf, bemüht, keinen Lärm zu machen, und merkte nicht, daß das Bett neben ihm ohnehin leer war. Das diffuse Gefühl, die Lösung des allzu leeren Himmels geträumt zu haben, bestimmte ihn völlig oder es trieb ihn einfach eine halbschlafende Zuversicht aus dem Bett, in der er die Vergeblichkeit seiner Bemühungen nicht wahrhaben wollte. Alles mußte ganz einfach sein. Im Nachtgewand und barfuß setzte er sich an den Küchentisch und begann die Arbeit von vorn. Aber nichts war einfach. Die vierhundertvierundachtzig Teile widersetzten sich ihm, und auch in dieser wie in allen anderen Nächten war kein Zusammenhang herzustellen, der über eine Gruppe von zehn Teilen hinausreichte. Stunden vergingen. Der Arbeiter quälte sich. Ein Wecker klingelte. Aber das Klingeln wurde von niemandem gehört, denn die Frau des Arbeiters war nicht zu Hause, weil sie den Arbeiter mit Doktor Grüneisen oder einem anderen betrog. Und der Arbeiter selbst, Equatore, saß in der Küche, den Kopf auf dem eichengemaserten Furnier inmitten jener Teile zerrissener Fördertürme und nie gestalteten Himmels, die seine im Schlaf rudernden Arme nicht vom Tisch gefegt hatten. Er träumte davon, daß Wolken über den Himmel zogen, die aussahen wie Blumen, Autos und Trompeten. Aber auch so einen Himmel hatte der Arbeiter Equatore noch nie gesehen.

ZWEI ODER CARLO KOVACS MIT DER JUNGEN ANGESTELLTEN, drei Minuten oder alles versäumt.

Am Vormittag fallen weiße Lichtbalken zwischen den Bäumen in den Wald. Das Moos schimmert. Die Pfützen blenden. Ein junger Mann und eine junge Frau springen über morsches Holz. Manchmal reichen sie einander die Hände, um über kleine Gräben zu springen oder auf liegende Baumstämme zu klettern. Die junge Frau rennt davon. Der junge Mann rennt hinter ihr her. Die junge Frau rennt gerade so schnell, daß der junge Mann sie nach wenigen Metern einholen muß. Er reißt sie herum. Die beiden küssen einander. In einiger Entfernung fährt ein gelber Lieferwagen zwischen den Bäumen die Straße entlang Richtung Bergwerk. Lachend reißt sich die junge Frau los und rennt bis zu einem mehrere Meter breiten Graben, über dem ein dicker Baumstamm liegt. Der Baumstamm liegt dort schon sehr lange. An manchen Stellen fehlt ihm die Rinde, das Holz ist nicht hell und glänzend, sondern dunkel, zerfressen und moosig. Die junge Frau balanciert über den Baumstamm, wo dieser noch nicht über den Graben reicht. Der junge Mann legt sich neben den Baumstamm und schaut in den leeren Himmel, bis die junge Frau mit den Füßen auf Höhe seines Kopfes anlangt. Sie dreht sich geschwind, damit sich ihr Kleid hebt, dabei verliert sie das Gleichgewicht, doch mit ausgestrecken Armen und indem sie ein Bein nach hinten streckt, gewinnt sie das Gleichgewicht zurück. Rasch tänzelt sie über den Baumstamm zur Mitte des Grabens. Dort wendet sie sich um und lacht dem jungen Mann, der den Kopf in den Graben hängen läßt und zu ihr hochschaut, in die Augen. Der junge Mann springt auf und folgt der jungen Frau. Sie wartet über der Mitte des Grabens. Sowie der junge Mann die junge Frau erreicht hat, umarmt sie ihn, küßt ihn und umschlingt mit beiden Beinen seine Hüften. Sie lacht erneut. Der junge Mann flüstert ihr etwas ins Ohr, Dinge, die junge Frauen hören wollen, wenn sie eben vor Glück gelacht haben. Der junge Mann stellt die junge Frau mit kräftigen und glänzenden Bergarbeiterarmen auf den dicken Baumstamm zurück, auf den sich die beiden anschließend setzen. Ihrer beider Beine baumeln über dem Graben. Sie reden davon, was sie tun werden, wenn sie Geld haben. Die Phantasien wuchern. Dann, plötzlich, umarmt der junge Mann die junge Frau, drückt ihr einen heftigen Kuß auf den Mund und springt hoch. Er taumelt hastig zum Rand des Grabens und nimmt im Davonlaufen seine Jacke vom Boden auf. Nach wenigen Metern dreht er sich noch einmal um, hebt entschuldigend die Arme und wirft der jungen Frau Küsse zu. Sie winkt ihm hinterher. Er verschwindet in einer Senke. Die junge Frau läßt die Beine wieder baumeln. Sie legt den Kopf ins Genick und schaut in den leeren Himmel.

Das Taxi hielt an. Vom plötzlichen Fehlen des einlullenden Wiegens und Rumpelns ruckte ich auf und fand mich in den Ereignissen wieder, die meine Träume noch heute heimsuchen.

Wir hatten die Strandpromenade erreicht.

Doch nur der Direktor und Frau Doktor Grüneisen stiegen aus. Sie gingen von einem Gebäude zum nächsten. Das Taxi folgte ihnen, sowie sie aus einer Tür traten und ein Stück weiter die Straße hinuntergingen.

Ich beschreibe die Promenade. Lampen hingen in regelmäßigen Abständen an Drahtseilen über der Straße. Sie schaukelten in einem leichten Wind, der vom Meer kam. Mir schien es, als ob auch die Lampen auf der Suche waren. Sie erfaßten Möwen, die auf dem Geländer der Promenade schliefen, verwischten sie wieder, kletterten die Hausfassaden hoch und stießen gegen geschlossene Jalousien. Sie drangen zwischen die Häuser, aber nicht sehr tief. In der Tiefe der Höfe und Feuerleitern, der Parkplätze und Gärten hielt das Grau die Geheimnisse fest. Das Taxi fuhr an ihnen vorbei. Der Akkordeonspieler probierte leere Tasten. Einmal hörte ich das Brüllen eines Schiffs. Vielleicht war es kein Schiff, sondern das Brüllen eines Tiers. Weit draußen auf dem Meer konnte man zwar Lichter sehen, aber sie waren zu weit entfernt. Wir fuhren dreißig Meter. Ein Mädchen aus Afrika lehnte an einem blauen Türrahmen. Träge machte sie dem Direktor und Frau Doktor Grüneisen Platz. Ein großer Hund schnupperte an einem heruntergelassenen Eisengatter, pinkelte an einen Bauzaun. Dunkel hoben sich Kanaldeckel von der Straße ab. Hinter einer unbeleuchteten Scheibe blinkte ein Gesicht. In einer Türbucht standen Küssende. Daneben schloß ein Kino seine Kasse. Einmal fiel Musik auf die Straße, als der Direktor und Frau Doktor Grüneisen durch die Tür eines Nachtlokals traten. Die Musik war ausgebeult von Phantasien aus Leuchtreklamen und Schaukästen, zerschlissen wie die quer über die Straße gespannten Wimpelgirlanden. Mit dem Zufallen der Tür zog sich die Musik ins Innere des Lokals zurück, als hätte sie Angst vor der Finsternis. Der Vorgang wiederholte sich, als der Direktor und Frau Doktor Grüneisen wieder heraustraten und vor dem Gebäude stehenblieben. Die Tür hinter ihnen schwang zu, die Musik schlüpfte geschwind ins Innere des Lokals zurück. Die Promenade war zu Ende. Die Küstenstraße lief auf ein alles gleichmachendes Dunkel zu.

Aber Frau Doktor Grüneisen bestand darauf, auch den Strand abzusuchen, und da sie dem Akkordeonspieler den Abschnitt zuwies, wo die Wellen ausliefen, verließ auch ich den Wagen, und das Taxi fuhr die Straße allein wieder hoch. Die Berührungen während der Herfahrt, Hände, Rippen, Busen, hatten meinen Zustand gebessert. Ich traute mir zu, das löchrige Dunkel dieser Nacht an der Seite von Frau Doktor Grüneisen zu durchdringen. An ihrer Seite vermeinte ich den Attacken meines neuerdings zum Unglück neigenden Lebens zu widerstehen. Zwar versuchte Frau Doktor Grüneisen, mich aus Rücksicht auf meinen Zustand von dieser neuerlichen Anstrengung abzubringen, aber ohne sonderlichen Nachdruck. Ich glaube, sie verspürte dieselbe Bangigkeit wie ich. Sie nahm mich an meiner besseren Hand und zog mich hinter sich her.

Ich mochte es, von Frau Doktor Grüneisen gezogen zu werden. Das Gehen machte mir Mühe. Ich hinkte wegen der Wunde am Knie. Der Schotter des Strandwegs drückte durch die Schuhe. Aber das Wissen, nicht losgelassen zu werden, war seit längerem das erste Ungewohnte, das ich nicht vermissen wollte. Für eine Weile hinkte ich stärker als notwendig. Ich war versucht, das Weitergehen zu verweigern, um mich zu vergewissern, daß Frau Doktor Grüneisen trotzdem bei mir bleiben und an mir festhalten würde. Aber das erschien mir dann doch zu gewagt, denn es stand mir nicht zu, Frau Doktor Grüneisen auf die Probe zu stellen. Ich strauchelte. Sie zerrte an mir. Der Weg stieg leicht an, fiel kurz darauf wieder ab. Er führte die Promenadenmauer entlang, in deren Schatten wir gingen. Mit dem Direktor, der im Licht der Straßenlampen durch den Sand stapfte, hielten wir Blickkontakt. Den Akkordeonspieler konnten wir immerhin hören, die Kehren seines Instruments, dieses ständige Ich-weiß-nicht-wohin, das von der Dünung des Meeres umspült war und meine Gefühle verschwommen machte. Mir war es, als hätten Frau Doktor Grüneisen, die meine bessere Hand hielt, und ich, der ihre Hand hielt, Gemeinsamkeiten, die uns tiefer verbanden, als es der Natur unserer bisherigen Beziehungen entsprach. Ich liebte Frau Doktor Grüneisen bestimmt nicht. Ich war mir sicher, die junge Angestellte zu lieben und sie glücklich zu machen, wenn ich erst ein Mann war und sich das übrige durch einen weiteren Entscheid der Zukunft fand (Ausdruck Direktor Backmark). Trotzdem lag eine solche Vertrautheit zwischen Frau Doktor Grüneisen und mir, daß ich dachte, Frau Doktor Grüneisen vermissen zu müssen, wenn sie in diesem Moment nicht neben mir ginge. In gewisser Weise war ich glücklich, als ob Frau Doktor Grüneisen und ich nicht länger zu dieser Nacht zählten, als ob wir ausschließlich einer von Glück umflossenen Vergangenheit angehörten, als ob wir ineinandergekehrte Erinnerungen seien, die mit zunehmender Entfernung an Farbe gewinnen und an Wirklichkeit verlieren.

Einmal (was ist einmal) lag ich in der kaputten Schubkarre hinter dem grünen Teich, umarmte mich selbst und schaute in den leeren Himmel, in dem der nachmittägliche Mond das Wasserzeichen war. Ein dicker Käfer brummte wie Kinderspielzeug zum Aufziehen und drehte schlampige Kreise, während ich meine Gedanken kreisen ließ. Der Müßiggang rieselte in meinen Nerven. Das änderte sich, als Frau Doktor Grüneisen durch die Büsche drang und nach mir rief. Sie hatte einen Fotoapparat bei sich und sagte, wir müßten die Schubkarre auf den Hof der Zeche schleppen, damit sich ihr dort ein besserer Hintergrund für das Foto biete, mit dessen Hilfe sie den Preis gewinnen wolle, der ihr ermöglichen werde, für zwei Wochen wegzukommen. Ich sagte, auf dem Hof der Zeche lägen viele Schubkarren herum, sogar halbwegs intakte. Halbwegs intakt, sagte sie, komme nicht in Frage. Auf Fotos sei nicht dasselbe schön wie im Leben. Ja? Ihre Sache. Ich sagte, auf dem Zechenhof lägen auch sehr kaputte Schubkarren herum. Wir gingen hin und fanden, was Frau Doktor Grüneisen suchte, eine sehr kaputte Schubkarre, in der ich schlafen sollte. Aber das war gar nicht so einfach. »Jetzt stell dich nicht so an«, sagte Frau Doktor Grüneisen, »du mußt doch nur so tun, als ob. Du kannst doch Schäfchen zählen?« »Nie gehört.« Also erklärte mir Frau Doktor Grüneisen, wie man Schäfchen zählt. Sie wollte es mir beibringen. Ich schloß die Augen. Aber da stand immer nur leerer Himmel. »Frau Doktor Grüneisen«, sagte ich, »ich sehe immer nur leeren Himmel, nichts als leeren Himmel, ich kann mir nicht helfen, da sind keine Schäfchen.« Sie schüttelte fluchend den Kopf und machte trotzdem Fotos. Eines habe ich bekommen, am großen Tor im Vorbeifahren, an einem Tag, an dem Frau Doktor Grüneisen nicht vom Fahrrad stieg und deshalb auch nicht rauchte.

Ich beschreibe das Foto. Es hatte kräftige Farben. Mein T-Shirt schimmerte wie aus dickem Samt, und trotz des leeren Himmels, den ich gesehen hatte, erweckte ich den Eindruck eines Schlafenden. Mir kam das vor wie Betrug, Täuschung, reingelegt, ausgetrickst. Aber ich besaß das Foto bis zum Schluß. Es lag im Streckenhaus hinter einem losen Brett, gemeinsam mit anderen Dingen aus meinem Besitz, Porzellanspulen von alten Strommasten, einem Korkenzieher nebst diversen Flaschenkorken, der durchgebrannten Birne einer Grubenlampe, einer Anstecknadel des Kraftsportvereins, einem Anschlagkopf von einer kyrillischen Schreibmaschine, einer Nagelfeile und einem zerrissenen und wieder zusammengeklebten Brief. Beim letzten Mal, als ich Gelegenheit hatte, das Foto zu betrachten, schien es mir, als schliefe ich tatsächlich, als habe mein T-Shirt, das mittlerweile verschwunden war, niemals andere Farben gehabt, als wäre es aus dem dicken Samt gemacht gewesen, den das Foto festgehalten hatte, ein abgewrackter Glamour und schön wie nicht im Leben: Ich mit einem kräftigen Schnauz, den ich mir selber aufgemalt hatte, weil ich auch in diesen Dingen, sieht ganz so aus, zu langsam dazugelernt habe.

Hans Ohm, der Armausrenker, saß im Sand, inmitten der löchrigen Phantasien dieser Nacht. Er rauchte. Das Glimmen der Zigarette, auf das der Direktor zugelaufen war, hatte ich von weitem gesehen. Der Akkordeonspieler hatte es nicht gesehen, weshalb ich hinter ihm herhumpelte, damit er nicht verlorenging wie so vieles davor und danach. Als wir zurückkamen, sagte Hans Ohm, noch immer im Sand sitzend, ruhig, als sei es das Normalste, was er sagte: daß er das Kindermädchen geschlagen habe. Als Begründung, weshalb das Kindermädchen nicht bei ihm war, reichte das vollauf. Trotzdem wollte Frau Doktor Grüneisen Einzelheiten. Jedoch: Es gibt Dinge, die man besser auf sich beruhen läßt (Ausdruck Direktor Backmark). Ein Bad in der Brandung. Eine kleine Mahlzeit, eiweißhaltige Meeresfrüchte, gemeinsam entblätterte Artischocken. Abgegriffene und desto wirkungsvollere Sätze, die jemand zu jemandem sagt, wenn er seiner Fleischlichkeit gewahr wird. Das Kindermädchen wollte nicht. Nein. Kommt nicht in Frage. Nicht hier, nicht jetzt. Nein. Laß mich. Sie wollte zurück. Sie wollte zum Schiff. Nein. Nicht hier. Bitte, nein, bitte, ich bitte dich, sei doch vernünftig. Sie wollte keine frappante Verspätung zustande bringen. Nein, ich will nicht. Sie stieß den Armausrenker von sich. Laß mich, bitte. Doch eine Zurückweisung war für ihn, Hans Ohm, keine haltbare Position. Er küßte sie erneut. Sie entzog sich seinen Küssen. Ich will nicht. Nein. So ein Nein hebt den fundiertesten Charakter aus den Angeln. Du hast doch eben noch gesagt. Sie rangen miteinander. Der Armausrenker und das Kindermädchen. Ein Träger an ihrem Kleid sei gerissen. Das Mädchen habe geweint. Jetzt plärr doch nicht so! Er habe das Mädchen geohrfeigt. Sie sei davongelaufen. Wo rennst du jetzt wieder hin? Er nehme an, zurück zum Schiff. Welche Rettung! Mehr gebe es nicht zu sagen. »Schwein!« (Frau Doktor Grüneisen). »Nasenzertrümmerer« (dachte ich, ich hatte nicht die Absicht, unfreundlich zu sein). »Lügner!« (der Direktor).

Der Direktor empörte sich, weil der Wäschereibetreiber eben noch behauptet habe, sich auf der Suche nach dem Würzbitter überschlagen zu haben (ich klammerte mich sogleich an den Ausdruck, *überschlagen*). Auf solche Hilfe, sagte der Direktor, könne er verzichten. Er zog die Flasche aus der Seitentasche seines Sakkos. Blut von zwei Menschen klebte daran. Der Direktor spuckte aus. Er finde mit seiner eigenen Gewitztheit das Auslangen. Dann beschimpfte er den Nasenzertrümmerer und verspottete ihn wegen des Mißerfolgs beim Kindermädchen. Das reicht, dachte ich, jetzt wird mit Fäusten ausgemacht, wer Held und wer Schurke ist (Ausdruck Arbeiter Wilhelm). Der Nasenzertrümmerer erkämpfte etwas Haltung. Er wälzte sich auf die Knie, richtete seinen schwartigen Körper auf. Ich half ihm trotz meiner Verletzungen, da ihm sonst niemand half, und sah in einem Glimmen der Zigarette die Unbewegtheit seines Gesichts, seine unbezwingbare Gelassenheit. Die Nacht schmeckte salzig. Das Meer gähnte uns entgegen, und ich spürte, daß ich wieder an eine Hand gehörte. Denn diese Nacht dünstete von Gefahren, von denen ich nicht wußte, woher sie kamen und weshalb. Was war das für eine Nacht? Warum machte sie keinen Buckel, duckte sich statt dessen, daß ich das Drücken des Raums auf meinen Schultern spürte? Warum hörte der Direktor nicht auf, den Wettesser zu beschimpfen. Warum wendete der Nasenzertrümmerer, dieser handgreifliche Mensch, keine Gewalt an. Warum drohte Frau Doktor Grüneisen mit Polizei?

Hans Ohm lächelte nachsichtig. Seine Haltung war geprägt von einer unverschämten Ruhe und wurde immer lässiger. Aber ich spürte, welche ungeheuerliche Selbstaufgabe nötig war, um dieses Lächeln und diese ruhige Lässigkeit glaubwürdig erscheinen zu lassen. So war es für mich auch nicht verwunderlich, ein allmähliches Nachlassen der Kraft des Armausrenkers festzustellen, ein Resignieren vor dem Wunsch, einfach wegzugehen und sich um die Grobheiten, die zu hören waren, nicht zu kümmern, per esempio, daß ihn der Direktor unsauberer Machenschaften beschuldigte und damit keineswegs die Handtücher meinte, die plötzlich nur mehr jeden zweiten Tag ausgewechselt worden waren, sondern das Geld, das der ehemalige Wäschereibetreiber vor Ablegen des Schiffs mit der Behauptung erschwindelt habe, daß ein erfundener Fahrer Ersatz für die zerbrochene Flasche herbeischaffen werde.

Der Armausrenker holte tief Luft. Mit einem Ausdruck nachdenklicher Verwunderung schüttelte er resigniert den Kopf. Schon wieder, auch hier, eine unhaltbare Position. Der Mensch ist stolz. Ich besitze eine Vorstellung, *wie* stolz, und kann mir ausrechnen, welcher Energie es bedarf, sich unter solchen Umständen zu beherrschen. Der Wettesser. Er drehte wiederholt den Kopf weg, schielte zum Meer, als erhoffe er dort einen Ausweg, eine Andeutung von Freiheit. Nichts, nur die Alpträume der Möwen, die lauernde Nacht und das Dunkel, das uns alle bedrängt. Der Armausrenker schloß sein Hemd. Bei zufälligem Wind drang weiterhin ein säuerlicher Geruch in meine Nase, Schweiß, es war, als schwitze der Mann von seiner bloßen Existenz, ausgerechnet er, der ehemalige Wäschereibetreiber. Ich fühlte, er war nicht glücklich. Kein Wunder, in diesem Moment konnte nichts einen halbwegs vernünftigen Menschen glücklich machen.

Mit einem Seufzer, der sich der Absurdität unseres Daseins zu entringen schien (Ausdruck Doktor Grüneisen), gab der Nasenzertrümmerer sein Schweigen auf, endlich. Er lächelte, wiederum, nachsichtig, doch diesmal ehrlich, aufrichtig, und seiner Stimme gelang es, die Nacht für wenige Momente ruhig fluten zu lassen. Die Stimme erklang fest wie zuvor, ohne Schroffheit, ohne Brutalität, und nannte psalmenartig Namen, die wir alle kannten und die schmerzhafte Schächte in den brüchigen Charakter des Direktors graben mußten: Josef Kamaras, Franz Dostal, Ludwig Sesta, Peter Ferestanoff, Tibor Uxa, Hatschi Weinura, Georg Lurich, Jan Jaago, Leo Grabowsky, Kara Achmed, Bela Nagy, Isaak Binder.

Beim Namen des Sprengmeisters Binder schlug der Direktor dem Armausrenker die kleine Flasche ins Gesicht, wo sie zerbrach.

Ich hatte geahnt, daß ein weiteres Unglück geschehen wird. Aber auf so etwas war ich nicht vorbereitet gewesen.

Vor Schreck und Bestürzung, daß endgültig nichts mehr zu lernen war, wankte ich. Ich fiel in den Sand. Wofür? Warum? Wozu? Wie oft wiege ich diese Wörter in der

Hand und höre als Antwort das Brüllen des Armausrenkers. Der Armausrenker brüllte, als wäre er bereits das Meer, das er bald werden würde. Ich glaube, die verschüttete Flüssigkeit brannte ihm schrecklich in den Augen. Er konnte nichts mehr sehen, weshalb er auch die weiteren Angriffe des Direktors nicht parierte. Denn der Direktor stieß dem Armausrenker den Rest der zerbrochenen Flasche in den dicken Hals, dann in den dicken Bauch, dann wieder in den Hals. Die Stöße waren heftig, sie folgten eifrig aufeinander, und bei jedem neuerlichen Stoß ließ Hans Ohm ein erstauntes Ächzen hören. Ich indes weinte laut, mit aufgerissenen Augen. Frau Doktor Grüneisen hingegen nahm ihr Gesicht in die Hände, obwohl die Nacht noch viel größere Hände hatte. Der Akkordeonspieler arbeitete sich an seinem Instrument ab. Er begleitete den ungleichen Kampf mit erbitterten Tonfolgen, die in ihrem Mißklang der Nacht den Buckel verschafften, den sie bis dahin nicht gehabt hatte. Der rechte Fuß klopfte den wechselnden Takt der Stiche in den Sand. Ich zählte die Stiche. Siebzehn – achtzehn – neunzehn. In den Bauch. In die Brust. In den Hals. Nur einmal, für eine kurzfristige Hoffnung, wo keine Hoffnung mehr bestand, traf der Direktor den abwehrenden Arm des Armausrenkers. Dreiundzwanzig – vierundzwanzig – – fünfundzwanzig.

Mußte es denn sein? Ja. Nein.

Bei achtundzwanzig fiel Hans Ohm zu Boden.

Das war für alle eine Erlösung, jedenfalls für mich. Der Akkordeonspieler wechselte in ein langsameres Tempo, in eine eintönig sich fortspinnende Melodie, die das Keuchen des Direktors überging und sich ganz allmählich mit dem verebbenden Puls des Armausrenkers zu verbinden schien. »Sei still!« (der Direktor). Mein Weinen verstummte. Ich hörte auf die Musik und sah die Blutflecken auf dem weißen Hemd des Armausrenkers um sich greifen, sehr langsam, sich allmählich vereinend zu einem von Blut gesättigten Hemd. Ich fragte mich, ob der Mann tot war. Doch der Armausrenker war nicht tot. Im gleichen Moment, in dem ich mich fragte, ob er tot war, vernahm ich das Röcheln, das aus seinem Hals quoll. Ich hörte das Röcheln, jetzt, da meine Aufmerksamkeit darauf gerichtet war. Ich hörte es überdeutlich, ein Geräusch, das am Abgrund drohender Ewigkeit hallte (Ausdruck Sprengmeister Binder) und mich an einen leeren oder leer werdenden Sahnespender erinnerte und an Feierlichkeiten in den Gärten der Villen, am Tennisplatz oder am grünschillernden Teich.

Es fällt mir zunehmend schwer, an das Dorf und das Bergwerk zu denken. Sie sind ein Kartenhaus aus Erinnerungen, das in sich zusammenstürzt. Der Wind zerreißt die Karten wie Lose, die nichts gewonnen haben. Die Wellen des Meeres weichen die Karten auf und ziehen sie als gesichtslosen Brei in die Tiefe. Die Zusammenhänge gehen verloren. Kaum faßbare Einzelheiten tauchen für Momente auf, erweisen sich als auch nur miserabel und versinken dann für immer. Egal, ob ich vor- oder zurückdenke, ich erreiche meine Wünsche nicht. Ich muß sie beschreiben.

Ich beschreibe den Löschteich. Wie hat er ausgesehen? Ich erinnere mich, daß er nierenförmig war mit einem großen Baum davor, der den Kindern beim Räuber-und-Gendarm-Spielen als Anschlagplatz und zum Erlösen der Gefangenen diente. Einmal wöchentlich badete der Wäschereibetreiber im Teich, weil er hoffte, mit dem Bad seine Wassersucht zu kurieren. Am bergseitigen Rand des Löschteichs wuchsen Sträucher. An einem der biegsamen

Äste ließ sich der Armausrenker hinab in das stagnierende und wurmverseuchte Wasser (auch dies Ausdruck Doktor Grüneisen): Hinein ins nasse Vergnügen! Sowie der Armausrenker mit den Füßen den Grund erreichte, lachte er, weil der Schlamm zwischen seinen Zehen glitschte. Er planschte und prustete. Doch eines Tages, als er mit seinem Handtuch über der Schulter zum Teich kam, stellte er fest, daß der Teich leer war. Ein sumpfiger Geruch dünstete aus der Grube, die grüne Schleimhaut lag auf den wenigen Pfützen, die vom Schlauch der Feuerwehr nicht erfaßt worden waren. Schwarze Molche schlugen das verbliebene Wasser mit ihren Schwänzen auf oder schauten mit großen Augen in den Himmel. Der Himmel war ebenfalls leer. Hans Ohm sagte, er werde an seiner Krankheit sterben müssen, keine Macht der Welt werde es verhindern können. Ich dachte an meine Theorie, an die Büchse mit den Flügeln vielerlei Insekten, und erklärte ihm, dem Wettesser, daß die schwarzen Molche ebenfalls an Wassersucht litten, ohne deshalb krank zu sein, das solle ihn trösten. Er, der ehemalige Wettesser, besitze die idealen Voraussetzungen, sich mit Hilfe der Molche weiterzubringen. Artisten äßen Katzen, um biegsame Knochen zu bekommen. Wenn er dergleichen nicht glaube, könne er die Portierfrau fragen, Frau Berber, die in jungen Jahren in einem Varieté gepfiffen habe, dann glaube er alles.

»Du kannst selber zum Zirkus gehen«, sagte Hans Ohm, lachte lange und laut und fügte, als er sich wieder gefangen hatte, hinzu: »Du verstehst das Leben schlecht.« Das, wiederum, konnte ich nicht glauben. Nicht damals. Ich war bereit, alles zu glauben, aber nicht dies und nicht das. Denn was nützte es, wenn die schwarzen Eidechsen, Molche genannt, vertrockneten. Nichts. Und das Hemd des

Wettessers war längst gesättigt von Blut, und die Geschichten seiner Vergangenheit als Mann mit kräftigen Armen, als Tennisspieler, Tänzer und Nasenzertrümmerer wurden Märchen, wurden Legenden großartiger Siege und großartiger Niederlagen, ausgerenkter Arme, blutender Nasen und weltmeisterlicher Disqualifikationen, erwiderter Liebeserklärungen und aufgegebener Freßorgien, wo gekotzt worden war, gekotzt gekotzt gekotzt.

Frau Doktor Grüneisen sagte, man könne Hans Ohm nicht so einfach liegenlassen. Sie wollte helfen. Der Direktor wollte davonlaufen. Aber er hatte deswegen nichts gelernt, nicht, was ich in der Schwimmschule, in den Gärten der Villen und auf dem Dach der Schiffskanzel gelernt hatte: Sich verstecken und gefunden werden. Er zog Frau Doktor Grüneisen am Arm. Sie zögerte. Von Zeit zu Zeit öffnete der Armausrenker die Augen und starrte mit einem Ausdruck schieren Erstaunens in den Himmel, grad so, als stünde ihm von dort eine Antwort bevor. Aber da täuschte er sich. Der Himmel war leer. An diesem Tag war alles ohne Antwort. Jeder war auf sich gestellt. Jede Welle lief allein um die Welt. Und jedesmal, wenn der Armausrenker die Augen öffnete, fiel er schon nach wenigen Sekunden in einen besinnungslosen Zustand zurück, in dem nur das Röcheln verriet, daß es mit seinem Leben noch nicht zu Ende war. Ich bemitleidete ihn, den Wettesser, den Nasenzertrümmerer. Ich wünschte mir, die Niedertracht, die ihm der Direktor angetan hatte, wiedergutmachen zu können. Aber auch dafür war es zu spät. Ziemlich viel zu spät. Für so vieles war es zu spät. Es hatte keinen Sinn, ich mußte weiter. Rasch nahm ich die Kappe ab, wie ich es beim Abtransport der toten Grubenarbeiter versäumt und gelernt hatte (genau genommen war der Armausrenker für diese

Welt bereits gestorben). Dann lief ich dem Direktor und Frau Doktor Grüneisen hinterher, die dem Strand bis zum stadtseitigen Ende der Promenade folgten, wo das Taxi wartete.

Der Chauffeur des Taxis lehnte lässig in der offenen Fahrertür und anstatt einzusteigen forderte er vom Direktor alles Geld. Begründung brauchte er keine, aber die Entschiedenheit, mit der er die Forderung stellte, ließ erkennen, daß er Gründe hatte. Also gab ihm der Direktor alles Geld. Er leerte seine Taschen und behielt lediglich die Liste mit den Toten zurück. Igor Glawin, Wenzel Goldbach, Emil Grikis, Šurka Gromow, Georg Hackenschmidt, Otto Huhtanen, Jan Jaago.

Das Taxi hupte zum Abschied wiederholt und heftig und fuhr ohne uns zur Stadt zurück.

Das war der nächste Schlag. Keine Frage. Der Akkordeonspieler quittierte das höhnische Hupen des Taxis mit einigen Dissonanzen. Der Direktor trat mit dem Fuß gegen eine Schiefertafel, die vor einer Imbißstube aufgestellt war. Hinterher ging er mit der mir inzwischen vertrauten Zornader auf der Stirn vor der Imbißstube auf und ab. Frau Doktor Grüneisen rauchte in gierigen Zügen eine Zigarette mir unbekannter Marke und murmelte halblaute Mutmaßungen, in denen außer den Anwesenden ihre unmündige Nachkommenschaft, das zum Schiff zurückgekehrte Kindermädchen, Hans Ohm, als er noch lebte, und Abfahrtszeiten vorkamen. Sie wollte möglichst rasch zurück zum Schiff. Sie wollte telefonieren und ein anderes Taxi rufen. Aber davon wollte der Direktor nichts wissen, denn er fürchtete die Rückkehr des Fahrers, der ihm alles Geld genommen hatte. Er verfluchte den Mann und dessen Familie einschließlich eventuell ungeborener Enkel, trat neuerlich vor Zorn gegen die Schiefertafel, aber diesmal so heftig, daß die Tafel mit Krachen umfiel. Anschließend winkte er den Akkordeonspieler zu sich und verlangte, nun wiederum, das Geld des Akkordeonspielers. Auch der Direktor wollte alles. Auch der Direktor hielt sich mit Begründungen nicht auf. Es gab keine Begründungen. Trotzdem kam der Akkordeonspieler der Aufforderung nach. In solchen Dingen fehlt und fehlte ihm der Kopf. Ich selber hatte kein Geld und hätte es dem Direktor auch nicht gegeben, nicht mehr. Im Gegenteil, als aufmerksamer, aufnahmebereiter Mensch hatte ich vom Taxifahrer gelernt und verlangte die Liste mit den Namen der Toten.

Der Direktor stutzte. Er schaute mich an, vielleicht mit der Miene eines Menschen, der findet, soeben zu Unrecht gescholten worden zu sein. Trotzdem überreichte er mir die Liste ohne ein Wort. Ich glaube, er war insgeheim froh, von dieser Last befreit zu sein. Er richtete sein Sakko, rieb an einem der Flecken auf seinem Hemd. Dann trat er entschlossen uns anderen voran in die Imbißstube, über deren ganze obere Front sich gelb, blau und rot der Name *Magic Miss Lover* schlängelte.

Schon beim Eintreten erkannte ich das Mißverhältnis zwischen den wenigen Gästen und der schlechten Luft, die rauchig im kümmerlichen Licht mehrerer Neonröhren stand. Da mich der Mief in den Augen zwickte, ließ ich die Eingangstür, als letzter eintretend, offen, damit frische Luft von draußen hereinziehen konnte. »Türe zu!« riefen daraufhin zwei Buffetmädchen beinahe gleichzeitig in einer Mischung aus Überdruß, Wut und Besorgnis, als ob der Luftzug ihre lethargischen Träume fortreißen und Ängste hereinwehen könnte.

Die Mädchen saßen an einem der vorderen Plastiktische. Müdigkeit flirrte auf den stark geschminkten Gesichtern, ein Anblick, der auch in mir das Verlangen nach einem alles wegschwemmenden Schlaf hervorrief und mein Wachsein desto unbarmherziger machte. Nur äußerst träge, nachdem ich die Tür ins Schloß gezogen hatte, erhoben sich die Mädchen von ihrem Tisch. Sie trugen ihre Kaffeetassen zum Buffet, wo sie den Zucker aufrührten und die Tassen leerten.

Außer uns Neuankömmlingen befanden sich lediglich zwei Gäste im Lokal, beide an hinteren Tischen, wo die Rauchfetzen völlig schlaff unter den Lampen hingen und das Licht besonders schlecht war. Soweit man bei dem unsicheren Licht Genaues sehen konnte, schliefen diese Gäste. Der eine mit dem Kopf auf der Tischplatte, der andere zurückgelehnt, mit den Füßen auf einem zweiten Stuhl und mit dem Kinn an der Brust. Die Mädchen klirrten mit Gläsern. Der Direktor scheuchte sich eine Fliege aus dem Gesicht und bestellte vier Gläser Schnaps. Noch während er die Bestellung vorbrachte, setzte er sich an den Tisch, den die Buffetmädchen gerade verlassen hatten. Daß er ausgerechnet diesen Tisch wählte, überraschte mich, wenn ich auch wußte, daß ich aufhören mußte, mich überraschen zu lassen. Trotzdem: Es hätte auch andere Tische gegeben. Eines der Mädchen brachte die Schnäpse. Sie trug die Gläser auf einem kleinen Plastiktablett, das sie erst absetzte, nachdem sie die Pfützen vom Tisch gewischt hatte. Sie verteilte die Gläser, stellte auch eines vor Frau Doktor Grüneisen ab, obwohl sich Frau Doktor Grüneisen weigerte, es anzunehmen. Sie wollte zurück zum Schiff. Der Direktor wollte anstoßen. Frau Doktor Grüneisen lachte auf, ein verändertes Lachen, was nicht nur an der veränderten Marke ihrer Zigaretten liegen konnte, und sagte, es gebe nichts zum Anstoßen, es sei denn, mit dem Kopf gegen die Wand. Dann weinte sie, grad so, als spinne sie aus dem Weinen und dem rauchigen Licht, in dem sie sich verbarg, hauchdünne Fäden eines weißen Mulls oder dichten Netzes, durch das man nicht schlüpfen kann. Es war ein gedämpftes, verzweifeltes und lang andauerndes Weinen, nur hin und wieder unterbrochen von der flehend vorgebrachten Bitte, endlich zum Schiff zurückzukehren. Frau Doktor Grüneisen sagte wieder, wir kämen zu spät. Sie wiederholte es: »Zu spät, zu spät.« Ich war versucht zu sagen, wie sehr ich es verstand und mochte, daß sie *zu spät* sagte und dabei weinte, daß ich das mindestens so verstand und mochte wie ihr verrauchtes Lachen. Ich wollte so vieles sagen. Ich wollte loswerden, was mich quälte und verwirrte. Ich wollte sagen, daß irgendwann auf einem Tennisplatz (wo nur?) ein Tennisball durch Maschen eines Netzes geschlüpft war. Ich hatte es gesehen. Aber ich hatte mich dumm gestellt. Ich hatte es vorgezogen, daß ein Tennisschläger nach mir geworfen wurde und Tränen flossen, die vorübergehend das Wasser des Löschteichs aufhellen sollten. Einmal. Wann. Wo. Ich lehnte an Frau Doktor Grüneisens Seite. Sie atmete stoßweise. Wieder spürte ich, wie ihre Brust ging. Habe ich ihr sagen wollen, daß der Ball durch die Maschen des Netzes geschlüpft ist? Habe ich es ihr gesagt? Habe ich geträumt? Habe ich die Tränen weggewischt? Wie merkwürdig war das doch alles.

Mir kam es vor, als wäre ich für einen Augenblick eingenickt und in einen lichten Winkel meiner Seele gefallen, der den Mächten der Finsternis bislang widerstanden hatte (Ausdruck Portierfrau Berber). Mit brennenden

Lidern fand ich mich in der häßlichen Imbißstube wieder und stellte fest, daß die Tränen von Frau Doktor Grüneisen aufgetrocknet waren. Mit qualmenden Händen und einer Stimme, die schon auf halbem Weg zur Tür war, bat sie den Direktor nochmals, mit ihr zum Schiff zurückzukehren. Doch der Direktor reagierte nicht. Frau Doktor Grüneisen erinnerte ihn daraufhin an das, was sie einander (wann nur?) gesagt hatten. Er habe es ihr im Garten seiner Villa gesagt. Sie habe es erwidert und geglaubt, daß es stimmte. Die Rhododendren hätten geblüht. Es habe nach frisch gemähtem Rasen gerochen. Damals sei sie noch nicht verheiratet gewesen, und später habe sie oft daran denken müssen, was geworden wäre, wenn sie statt Doktor Grüneisen den Direktor geheiratet hätte. Sie schaute traurig zum Direktor, der teilnahmslos und mit glasigen Augen in sein drittes oder viertes Schnapsglas starrte, das er unmittelbar zuvor verächtlich leergetrunken hatte. Seine rechte Hand drehte das Schnapsglas zwischen Daumen und Zeigefinger und fuhr anschließend mit dem Fuß des Glases eine Schattenlinie entlang, die unseren Tisch querte. Frau Doktor Grüneisen griff nach dieser Hand. Sie fragte den Direktor, warum er nie geheiratet habe. Doch auch darauf reagierte der Direktor nur mit einem Heben der Augen und einem kurzen, verbitterten Blick, in dem, so kam es mir vor, lediglich die Bitte um Mitleid lag. Doch entweder sah Frau Doktor Grüneisen diese Bitte nicht oder sie konnte sich Mitleid in dieser Sekunde nicht leisten. Sie zog ihre Hand resigniert zurück, fuhr mir über den Kopf, den sie gleichzeitig zur Seite schob. Dann stand sie ohne ein weiteres Wort auf und wandte sich zum Gehen.

Frau Doktor Grüneisen verließ die Imbißstube und war verschwunden.

Oder ich verschwand. Denn ich hätte ihr hinterherlaufen können. Aber ich lief ihr nicht hinterher. Ich bezweifelte, daß Hinterherlaufen, nach allem, noch einen Unterschied machte. Es war zu spät. Es war meine Schuld. Ich wollte mich nicht wieder an jemanden hängen. Ich hatte mich schon einmal geirrt. Was ist einmal? Oft. Gründlich. Ich hatte mich im Himmel geirrt. Der Himmel, dieses ehemalige Allheilmittel. Fortan, auch wenn ich mein eigener Herr war, würde er mir vor Augen halten, wie kaputt alles geworden war. Ich blieb sitzen. Ich blieb zurück. Ich wollte die Worte nachwirken lassen, die Frau Doktor Grüneisen dem Direktor in Erinnerung gerufen hatte. Ich erwartete nicht, daß es mir nochmals vergönnt sein werde, Sätze zu hören, die jemand zu jemandem in schönen, erkenntnisduftenden Gärten, an Küchentischen, auf Tennisplätzen oder an grünschillernden Löschteichen sagt. Für einen kurzen Moment beneidete ich den Direktor für das eine Mal. Die Rhododendren hatten geblüht, und eine junge Frau war schön geworden in der Hoffnung, daß ein Direktor sie heiraten werde. Das verlangt Respekt. Meine Bewunderung. Doch diese Bewunderung hielt nicht lange an, schon bemitleidete ich den Direktor wieder, den ehemaligen Musikliebhaber und jetzigen Brillenzerbrecher und Totstecher, der mit den Ereignissen in seinem Garten nichts anzufangen gewußt hatte.

Er rümpfte die Nase. Eine Fliege lief über seine linke Wange. Die Fliege wechselte die Wange, löste sich, als der Direktor mit der Hand nach ihr schlug, und verschwand im Licht der Neonröhren über dem Buffet. Ich hörte das unregelmäßige Sirren der Fliege, bis sie sich neuerlich auf dem Gesicht des Direktors niederließ, diesmal in der Rinne zwischen Nase und Oberlippe, wo schimmernd Schweiß stand. Der Direktor reagierte eine Zeitlang nicht auf die Belästigung. Die Fliege rieb sich die Hände wie schlechte Menschen im Märchen. Dann tauchte sie ihren Rüssel in den Schweiß des Direktors, der im selben Moment wieder nach der Fliege schlug. Die Fliege kreiste über dem Tisch, setzte sich nach einer Weile an die Decke und wartete, ich wußte nicht worauf. Ich wußte auch nicht, worauf der Direktor wartete. Und ich? Ich schaute abwechselnd zum Akkordeonspieler, der gleichgültig Frau Doktor Grüneisens Zigarette zu Ende rauchte, und auf den Direktor, dessen Kopf mittlerweile nach vorn gesunken war. Das Klappern aus der Richtung der Buffetmädchen, die zusammenräumten, hatte einschläfernd gewirkt. Ich betete im stillen, daß er nie wieder aufwache. Aber er verscheuchte abermals die Fliege, schreckte wenig später von einem Tischrücken auf, das eines der Buffetmädchen verursachte. Doch wenig später übermannte ihn die Müdigkeit mit aller Macht, und sein Kopf fiel schwer auf die Tischplatte.

Erleichtert lehnte ich mich zurück. Um nicht ebenfalls einzuschlafen, beobachtete ich angestrengt die Fliege, die jetzt die Wand hinter dem Direktor entlangkrabbelte. Die Fliege lief auf den Vorhang neben dem Fenster zu, blieb für einen Moment stehen, krabbelte noch eine Fingerlänge, wenig später wechselte sie, als ob der Direktor auch aus ihrer Welt verschwunden sei, in den hinteren Teil des Lokals, der nicht mehr so schummrig war wie zum Zeitpunkt unseres Eintretens.

Draußen mußte es bald hell werden. Der Höhepunkt der Nacht war längst überschritten, und mir war es, als würden die Fensterscheiben schon ein wenig durchlässig. Diese Ahnung von Licht veranlaßte mich, leise aufzustehen und die Imbißstube zu verlassen. Ich dachte, daß es das beste sein müsse, aufs Geratewohl davonzugehen. Ich wußte, daß ich die junge Angestellte nie finden, daß ich nichts wiederfinden und trotzdem nie aufhören würde, danach zu suchen, nach der Straße zwischen Siedlung und Bergwerk, nach dem großen Tor und den Menschen, die das große Tor passiert hatten.

Indem ich zur Tür ging und die Liste mit den Namen der Toten und Vermißten in meine Jacke steckte, tauchten Dinge nochmals vor mir auf, riesengroß, Bilder glitten durch meinen Kopf, und ich sah mich vor dem großen Tor mit meiner Kappe winken, sah mich in der Schwimmschule unterhalb der Rutsche die junge Angestellte umarmen. Mir gefiel die Vorstellung, die junge Angestellte zu umarmen, diese Vorstellung vermittelte mir eine Ahnung von Glück und war doch ein Verlangen, das nie gestillt werden würde.

Aber die Erkenntnis, daß kein Platz auf dieser Welt ist, wo man nachholen kann, was man irgendwann versäumt hat, hatte jetzt – bei allem Erschreckenden – auch etwas Ermutigendes.

Ich trat ins Freie. Draußen war es kühl. Schmutzige Wolken zogen am Himmel, das machte mir nichts aus. Das Licht stand gleichgültig über der Promenade, hüllte sie in ein aschenes Grau, das auch dem Meer die Konturen nahm. Das Wasser reichte fast bis an die Promenadenmauer heran, vereinzelt spülten große Wellen Löcher in das Grau, und für einen kurzen Moment mußte ich daran denken, daß sich die Fische staunend an Hans Ohm zu schaffen machten und seinen wassersüchtigen, hundertdreißig Kilogramm schweren Körper in Meeresgrund verwandelten. Weder bedauerte noch beneidete ich den Armausrenker um sein Ende und schaute mich auch nicht nach ihm um. Ich schaute mich nach dem Akkordeonspieler um, der jetzt ebenfalls, gähnend, aus der Imbißstube trat. Er schlürfte die harte Morgenluft und spielte eine ebenso harte Tonfolge. Dann schulterte er sein Instrument, weiterhin vereinzelte Töne erzeugend, und folgte mir in der zur Stadt entgegengesetzten Richtung. Jeder Schritt bereitete mir Mühe, und es war mir, als müßte ich im Weggehen nochmals alles verlieren, was ich schon verloren hatte, um es nicht zu vergessen.

Ich liebe dich, sagte ich zu der jungen Angestellten und dachte, daß sie mich ebenfalls lieben müsse.

Karl Abs
Kara Achmed
Halil Adali
Konstantin Angelescu
• Paul Ban
Bela Barothy
Boris Belisch
Isaak Binder
Georg Blemenschitz
Stanislaus Cyganiewicz
• Thomas Cziruchin
• Franz Dillinger
• Franz Dostal
• Nino Equatore
Peter Ferestanoff
Iwan Glawin
Wenzel Goldbach
Leo Grabowsky
Emil Grikis
Šurka Gromow
Georg Hackenschmidt
Michael Hitzler
Otto Huhtanen
• Jan Jaago
• Josef Kamaras
Franz Kawan
• Hans Kawan
Ladislaus Kowarik
Alois Krause
Peter Landau
• Hans Lindmaier
• Georg Lurich
Jan Martinson
Franz Mileder
Bruno Mosig
Gustav Moytka
Bela Nagy
• Manuel Oliveira
Alexander Peterson
• Nikola Petrow
• Karl Pohlfuß
Jan Polis
• Nikolaus Quariani
Albert Raago
Karl Saft
Otto Senn
Ludwig Sesta
• Franz Solar
Josef Stoffan
• Albert Strouhal
Theodor Sztekker
Josef Tasnady
Alois Toduschek
Hans Trestler
Tibor Uxa
• Josef Vávra
Armas Vichtonen
Heinrich Weber
• Hatschi Weinura
Eugen Wiesberger
Kurt Zehe

Inhalt

John von Düffel im dtv

»John von Düffels Art zu schreiben ist von meisterhafter Eleganz und berückender Aufrichtigkeit. Er führt keine Geschichten vor, sondern er begibt sich hinein, mit sowohl sprachlicher als auch psychologischer Genauigkeit.«
Undine Materni in der ›Sächsischen Zeitung‹

Vom Wasser
Roman

ISBN 3-423-12799-6

Die Geschichte einer Papierfabrikantendynastie, erzählt von einem, der wie magisch angezogen immer wieder zum Wasser zurückkehrt. »Von Düffel ist mit diesem Roman ein großer Wurf gelungen.« (Hubert Spiegel in der ›FAZ‹)

Zeit des Verschwindens
Roman

ISBN 3-423-12939-5

Es gibt über jeden Menschen einen Satz, der ihn zerstört. Niemand darf ihn aussprechen ... »Ein atmosphärisch dichter Roman, ein spannendes Buch, das es schafft, ohne Wertung in die Abgründe einer Seele zu sehen.« (Lydia Hebbelmann im ›Hamburger Abendblatt‹)

Ego
Roman

ISBN 3-423-13111-X

Ein Turbo-Egoist im Fitness- und Karrierewahn: eine irrwitzige Psychostudie. Rasant, komisch, scharfsinnig. »›Ego‹ gehört zum seltenen Genre einer rundum gelungenen Gesellschafts-Komödie. Der Roman dürfte Ähnliches zu sagen haben wie Michel Houellebecq; nur sagt er es amüsanter.« (Stephan Maus in der ›Frankfurter Rundschau‹)

Schwimmen

ISBN 3-423-13205-1

Das Schwimmen: eine Passion. Immer wieder verbinden sich im Wasser Sehnsucht und Angst, Schönheit, Gefahr und Triumph.

Wilhelm Genazino im dtv

»Wilhelm Genazino beschreibt die deutsche Wirklichkeit zum Fürchten gut.«
Iris Radisch in der ›Zeit‹

Abschaffel
Roman-Trilogie
ISBN 3-423-13028-8
Abschaffel, Flaneur und »Workaholic des Nichtstuns«, streift durch eine Metropole der verwalteten Welt. Die äußere Ereignisöde seines Angestellten-Daseins kompensiert er mit Phantasie.

Ein Regenschirm für diesen Tag
Roman
ISBN 3-423-13072-5
Geld verdienen kann man mit den unterschiedlichsten Tätigkeiten. Zum Beispiel als Probeläufer für Luxushalbschuhe. – Wunderlich-poetisch und irrwitzig-komisch: ein Buch, mit dem man das Staunen über den Alltag wiedererlernen kann.

Eine Frau, eine Wohnung, ein Roman
Roman
ISBN 3-423-13311-2
Ein Mensch von siebzehn Jahren fliegt vom Gymnasium, das kommt vor. Für Weigand selbst ist das nicht weiter tragisch, denkt er doch nur daran, endlich erwachsen zu werden und die drei Dinge zu haben, die es dazu braucht: eine Frau, eine Wohnung und einen eigenen, selbst geschriebenen Roman. Genau in dieser Reihenfolge. – »Ein wahres Juwel und wohl das Beste, was Genazino je geschrieben hat.« (Uwe Wittstock in der ›Welt‹)

Die Ausschweifung
Roman
ISBN 3-423-13313-9
»Für solche ›Szenen einer Ehe‹ gibt man gern einige Kilo bester Erfahrungsliteratur her.« (Süddeutsche Zeitung)

Fremde Kämpfe
Roman
ISBN 3-423-13314-7
Da die Aufträge ausbleiben, versucht sich der freischaffende Werbegrafiker Wolf Peschek auf fremdem Terrain: Er läßt sich auf kriminelle Geschäfte ein …

Die Obdachlosigkeit der Fische
ISBN 3-423-13315-5
Die Erinnerung an eine fatal gescheiterte Jugendliebe. Eine Lehrerin vergewissert sich dieser Geschichte in einer brisanten Phase ihres Lebens.

Brigitte Kronauer im dtv

»Brigitte Kronauer ist die beste
Prosa schreibende Frau der Republik.«
Marcel Reich-Ranicki

Die gemusterte Nacht
Erzählungen
ISBN 3-423-11037-6

Berittener Bogenschütze
Roman
ISBN 3-423-11291-3

Ein Junggeselle, Literaturwissenschaftler, auf der Suche nach dem »schönen Quentchen Verheißung«. »Voller Leben, Gegenwart, direkt, komisch, sinnlich.« (Frankfurter Allgemeine Zeitung)

Rita Münster
Roman
ISBN 3-423-11430-4

»Ein weiblicher Entwicklungsroman, ohne Wehleidigkeit, ohne Berufung auf das wärmende Gruppengefühl. In ihrer starken Individualität, ihren Widersprüchen und ihrem Beharren auf Glück ist Rita Münster eine ganz und gar überzeugende Figur.« (Deutsches Allgemeines Sonntagsblatt)

Die Frau in den Kissen
Roman
ISBN 3-423-12206-4

Frau Mühlenbeck im Gehäus
Roman
ISBN 3-423-12732-5

Die Lebensgeschichten zweier Frauen. »Zwei Möglichkeiten, Wirklichkeit zu erleben.« (Salzburger Nachrichten)

Das Taschentuch
Roman
ISBN 3-423-12888-7

Die Geschichte eines Apothekers. »Die Galerie kunstvoll-lebensnah erzählter Porträts aus der bürgerlich-mittelständischen westdeutschen Gesellschaft ist um ein packendes Beispiel reicher.« (Süddeutsche Zeitung)

Schnurrer
Geschichten
ISBN 3-423-12976-X

Teufelsbrück
Roman
ISBN 3-423-13037-7

»Ein großer poetischer Roman über die Elbe, die Liebe und die Romantik in unromantischer Zeit.« (Die Zeit)

Julia Franck im dtv

»Julia Francks Erzählen besitzt eine sinnliche Wahrnehmungskraft mit zuweilen apokalyptischen Ausmaßen.«
Sophia Willems in der ›Westdeutschen Zeitung‹

Liebediener
Roman
ISBN 3-423-12904-2

Von ihrer Kellerwohnung aus kann Beyla gerade noch das rote ausparkende Auto sehen. Aber warum sieht der Fahrer die Frau nicht, die dahinter erschrocken ausweicht und so unter die Räder der Straßenbahn gerät? Die Tote entpuppt sich als ihre Nachbarin Charlotte. Als Charlottes Tante ihr deren Wohnung überlässt, findet Beyla sich mitten im Leben ihrer toten Vorgängerin wieder: Aus dem Küchenfenster kann sie nun Albert beobachten, der unter ihr wohnt ... »Womöglich *die* Liebesgeschichte der neunziger Jahre!« (Süddeutsche Zeitung)

Bauchlandung
Geschichten zum Anfassen
ISBN 3-423-12972-7

Es klingelt. »Das wird Paul sein. Vielleicht ist ihm eingefallen, dass er meine Lippen vermisst und meine Hände.« Doch vor der Tür steht Emily, die beste Freundin und ... die Freundin von Paul. – Wunderbare Geschichten voll Sinnlichkeit und Erotik, weiblicher Gefühle und Lust, geschrieben mit einem ungeniert voyeuristischen Blick, der eiskalt wirkt und gleichzeitig erhitzt.

Lagerfeuer
Roman
ISBN 3-423-13303-1

»Du hast vielleicht den Osten verlassen, aber wo bist du gelandet? Du meinst, hier drinnen, im Innern der Mauer, ist der goldene Westen, die große Freiheit?« Notaufnahmelager Marienfelde, Nadelöhr zwischen den beiden deutschen Staaten und zwischen den Blöcken des Kalten Krieges: Vier Menschen an einem Ort der Ungewissheit und des Übergangs, dort, wo sich Lebensgeschichten entscheiden. »›Lagerfeuer‹ ist spannend wie ein Thriller, vor allem aber: ein Sprachkunstwerk.« (Neue Zürcher Zeitung)

Uwe Timm im dtv

»Als Stilist und Erzähler sucht Uwe Timm
in Deutschland seinesgleichen.«
Christian Kracht in ›Tempo‹

Heißer Sommer
Roman
ISBN 3-423-12547-0

Johannisnacht
Roman
ISBN 3-423-12592-6
»Ein witzig-liebevoller Roman über das Chaos nach dem Fall der Mauer.« (Wolfgang Seibel)

Der Schlangenbaum
Roman
ISBN 3-423-12643-4

Morenga
Roman
ISBN 3-423-12725-2

Kerbels Flucht
Roman
ISBN 3-423-12765-1

Römische Aufzeichnungen
ISBN 3-423-12766-X

Die Entdeckung der Currywurst · Novelle
ISBN 3-423-12839-9
und dtv großdruck
ISBN 3-423-25227-8
»Eine ebenso groteske wie rührende Liebesgeschichte ...« (Detlef Grumbach)

Nicht morgen, nicht gestern
Erzählungen
ISBN 3-423-12891-7

Kopfjäger
Roman
ISBN 3-423-12937-9

Der Mann auf dem Hochrad
Roman
ISBN 3-423-12965-4

Rot
Roman
ISBN 3-423-13125-X
»Einer der schönsten, spannendsten und ernsthaftesten Romane der vergangenen Jahre.« (Matthias Altenburg)

Am Beispiel meines Bruders
ISBN 3-423-13316-3
Eine typische deutsche Familiengeschichte. »Die Jungen sollten es lesen, um zu lernen, die Alten, um sich zu erinnern, und alle, weil es gute Literatur ist.« (Elke Heidenreich)

Uwe Timm Lesebuch
Die Stimme beim Schreiben
Hg. v. Martin Hielscher
ISBN 3-423-13317-1

Ulrich Woelk im dtv

»Was Woelk zeigen will, zeigt er. Er kennt seine Figuren genau und verrät sie nicht an Einsichten.«
Stephan Krass in der ›Neuen Zürcher Zeitung‹

Liebespaare
Roman

ISBN 3-423-**13092**-X

»Sollen wir es lassen?« fragt er. Nora schüttelt den Kopf. »Jetzt sind wir doch fast da.« Allmählich aber dämmert es Fred, daß der Besuch in einem Swinger-Club schwer verdaulich sein könnte … Nachrichten vom Schlachtfeld Liebe: Paare von heute auf der Suche nach dem wahren, tiefen Gefühl.

Die letzte Vorstellung
Roman

ISBN 3-423-**13253**-1

Opernmusik aus einem verlassenen Haus am Strand führt einen Jogger zu einer Leiche. Ein gesellschaftspolitisches Verwirrspiel um Gewalt, politische Macht, Verantwortung und Gerechtigkeit. »Ein glanzvoller Gegenwartsroman.« (Tilman Krause in der ›Welt‹)

Freigang
Roman

ISBN 3-423-**13397**-X

Ein junger Physiker versucht seine Vergangenheit zu rekonstruieren. »So klug und so komisch zugleich unterhalten neuere deutsche Prosaautoren ihre Leser selten.« (Der Spiegel)

Einstein on the lake
Eine Sommer-Erzählung
dtv premium

ISBN 3-423-**24427**-5

Hat Einstein seine geheimsten Unterlagen im Templiner See versteckt? Mit seiner Frau Gesine und seinem besten Freund richtet der Jurist Anselm sich einen heißen brandenburgischen Sommer lang auf einem alten Segelboot ein und beginnt seine Suche nach dem wissenschaftlichen Schatz. Eine Frau und zwei Männer auf engstem Raum …